杜工部集

〔唐〕杜甫 撰 清 光緒刊本
王慎中 王世貞 王世禎 宋犖 邵長蘅 五家評本

杜工部集 卷九十

九十

以下近體至十八

杜工部集卷九目錄

近體詩八十二首

冬日洛城北謁玄元皇帝廟

贈韋左丞丈濟

投贈哥舒開府二十韻

上韋左相二十韻

奉贈太常張卿二十韻

敬贈鄭諫議十韻

奉贈鮮于京兆二十韻
贈特進汝陽王二十韻
鄭駙馬宅宴洞中
李監宅
重題鄭氏東亭
題張氏隱居二首
南曹小司寇舅於我太夫人堂下累土爲山旁植慈竹

龍門
奉寄河南韋尹丈人
贈李白
與許主簿遊南池
登兗州城樓
劉九法曹鄭瑕丘石門宴集
暫如臨邑至鵲山湖亭奉懷李員外
對雨書懷走邀許簿公

已上人茅齋

房兵曹胡馬

畫鷹

與李白同尋范十隱居

臨邑得舍弟書苦雨河溢因寄此詩

過宋員外之問舊莊

夜宴左氏莊

送蔡希曾都尉還隴右寄高三十五書記

春日憶李白
贈陳二補闕
寄高三十五書記
送裴二虯作尉永嘉
城西陂泛舟
贈田九判官
贈獻納使起居田舍人
送韋書記赴西安

陪鄭廣文遊何將軍山林十首
重過何氏五首
冬日有懷李白
杜位宅守歲
與源大少府宴渼陂
崔駙馬山亭宴集
九日楊奉先會白水崔明府
贈翰林張四學士

送張二十參軍赴蜀州因呈楊五侍御
陪諸貴公子丈八溝納涼晚際遇雨二首
白水明府舅宅喜雨
陪李金吾花下飲
贈高式顏
贈比部蕭郎中十兄
九日曲江
丞沈八丈東美除膳部員外

奉留贈集賢院崔于二學士
故武衛將軍挽歌三首
官定後戲贈
九日藍田崔氏莊
崔氏東山草堂
對雪
月夜
遣興

元日寄韋氏眛
春望
憶幼子
一百五日夜對月

杜工部集卷九目錄目終

林集卷九目錄 五

升庵云初唐律詩及盛唐諸公步步趨趨範我馳驅至老杜則奔逸絕塵別爲等倫至中唐晚唐高者詭遇獲禽下者傾轍敗駕矣

中間尚欠敷腴

杜工部集卷九

近體詩八十二首 天寶末亂及陷賊中作

全首高秀最得體裁含諷處一不覺

冬日洛城北謁玄元皇帝廟 廟有吴道子畫五聖圖

配極玄都閟憑虛一作高又作空禁禦一作籞長守祧嚴具禮掌節鎮非常碧瓦初寒外金莖一氣旁山河扶繡戶日月近雕梁仙李盤根大猗蘭奕葉光世家遺一作隨舊史道德付一作冠今王畫手看前輩吴生遠擅場森羅移地軸妙絕動宮牆五聖聯一作晉遷龍袞千官列一作

六句是畫中景

引雁行晃旒俱秀發旌旆盡飛揚翠柏深留景紅梨迥得霜風箏吹玉柱露井凍英華作動銀牀身退卑周室經傳拱漢皇谷神如不死養拙更何鄉一作方

贈韋左丞丈 濟

左轄頻虛位今年得舊儒相門韋氏在經術漢臣一作官須時議歸前烈吳作列天倫恨莫俱鴒原荒宿草鳳沼接亭衢有客雖安命衰容豈壯夫家人憂几杖甲子混泥途不謂矜餘力還來謁大巫歲寒仍顧遇日

喚得宏麗

詩有氣概起結節壯體哥舒功名不盜負此好詩

劉云日月句在投贈中有氣者

蕃且踟躕老驥思千里饑鷹待一呼君能微感激亦足慰榛蕪一云析骨效區區

投贈哥舒開府翰二十韻

今代麒麟閣何人第一功君王自神武駕馭必英雄開府當朝傑論兵邁古風先鋒百勝一作華在畧地一作妙畧兩隅空青海無英華作飛傳箭天山早挂弓廉頗仍走敵魏絳已和戎每惜河湟棄新兼節制通此句大不可通智謀垂睿英華作眷想出入冠諸公三語終是無謂日月低秦樹乾坤繞漢宮胡人

鋪寫宮闕則俗矣

劉云結語不倫相

愁逐北宛馬又從東受命邊沙一作軍麾遠歸來御席同軒墀曾寵鶴畋獵舊非熊茅土加名數山河誓始終策行遺英華作宜戰伐契合動昭融勳業青冥上交親氣槩中未爲朱履客已見一作是白頭翁壯節初題柱生涯獨轉蓬幾年春草歇今日暮途窮軍事畱孫楚行間識呂蒙一云鄉曲輕周處將軍拔呂蒙防身一長劍將欲倚崆峒一云腰間有長劍聊欲倚崆峒

上韋左相二十韻見素　亦是大篇

◎

杜律中之初唐也語經習見便帶俗氣

鳳歷軒轅紀龍飛四十春八荒開壽域一氣轉洪鈞霖雨思賢佐丹青憶老一作直樊作舊臣應圖求駿馬驚代得麒麟沙汰江河濁調和鼎鼐新韋賢初相漢范叔已歸秦盛業今如此傳經固絕綸豫樟深出地滄海闊無津北斗司喉舌東方領搢紳持衡留藻鑑聽履上星辰獨步才超古餘波德照隣一云餘陰照北隣聰明過管輅尺牘倒陳遵豈是池中物由來席上珍廟堂知至理風俗盡還淳才傑俱登用愚蒙但隱淪長卿多

形容人物有格

如此起來有氣象

病久子夏索居頻回首驪流俗生涯似衆人巫咸不可問鄒魯莫容身感激時將晚蒼茫興有神爲公歌此曲涕淚在衣巾

奉贈太常張卿二十韻 均

方丈三韓外崑崙萬國西建標天地闊詣絶古今迷氣得神仙迴恩承雨露低相門淸議衆儒術大名齊軒冕羅天（一作高）不甚可鄉闕琳瑯識介珪伶官詩必誦夔樂典猶稽健筆凌鸚鵡銛鋒瑩鸊鵜友于皆挺拔公望各

端倪逼籍踰青瑣亭衢照紫泥靈虬傳夕箭歸馬散（[illegible]字不可通　上下不甚接處）
霜蹄能事聞重譯嘉謩及遠黎彌諧方一展班序更
何躋適越空顛躓遊梁竟慘悽謬知終畫虎微分是（好與他人不同）
醯鷄萍泛跡一作無休日桃陰想舊蹊吹噓人所羨騰
躍事仍睽碧海眞難涉青雲不可梯顧深慙忘一作鍛
鍊才小辱提攜檻束哀猿叫巧一作枝驚夜鵲棲幾時
陪羽獵應指釣璜溪（結語自負）

敬贈鄭諫議十韻

接得不倫

子湘謂杜自況最是諫議何敢當

諫官非不達詩義早知名破的由來事先鋒孰敢爭思飄雲物外（一作動）律中鬼神驚毫髮無遺恨波瀾獨老成野人寧得所天意薄浮生多病休儒服冥搜信客旌築居仙縹緲旅食歲崢嶸使者求顏闔諸公厭禰衡將期一諾（一作語）重欻使寸心傾君見途窮哭宜憂阮步兵

杜老自謂

欠轉折

不通

奉贈鮮于京兆二十韻

不多事實異凡格

王國稱多士賢良復幾人異才應間出（一作世）爽氣必

西樵嗟賞此語每三復之

殊倫始見張京兆宜居漢近臣驊騮開道路雕鶚離風塵侯伯知何等刑作筭文章實致身奮飛超等級容易失沉淪脫畧磻溪釣操持郢匠斤雲霄今已逼台衮更誰親鳳穴雛皆好龍門客又新義聲紛感激敗績自逡巡途遠一作永欲何向天高難重陳學詩猶孺子一云子夏鄉賦念一作忝嘉賓不得同晁錯吁嗟後郄詵計疎疑翰墨時過憶松筠獻納紆皇眷中間謁紫宸且隨諸彥集方覬薄才伸破膽遭前政陰謀獨秉鈞

古雅

亦是尋常

微生霑忌刻萬事益酸辛交合丹青地恩傾雨露辰有儒愁餓死早晚報平津

詩在獻賦不遇之後故語意云云

贈特進汝陽王二十韻

特進羣公表天人夙德升霜蹄千里駿風翮九霄鵬服禮求毫髮惟（一作推）忠忘寢興聖情常有眷朝退若無憑仙醴（一作醞）來（一作求）浮蟻奇毛或賜鷹清關塵不雜中使日相乘晚節嬉遊簡平居孝義稱自多親棣萼誰敢問山陵學業醇儒富辭（一作才）華哲匠能筆飛

韻非綺有何無理

鸞聳立章罷鳳騫騰精理通談笑忘形向友朋寸長一作腸堪繾綣一諾豈驕矜已忝歸曹植何知對李膺招要恩屢至崇重力難勝披霧初歡夕高秋爽氣澄樽罍臨極浦鳧雁宿張燈花月窮游宴炎天避鬱蒸硯寒金井水簷動玉壺氷瓢飲唯三逕巖棲在百層陳作巖居異一作暌且魯曾作謬持蠡測海況挹酒如澠鴻寶寧全秘丹梯庶可凌淮王門有一作下客終不媿孫登

鄭駙馬宅宴洞中

物體蒼秀

此詩過甚無甚趣味秦樓屏鄭谷有所諷也

不過爲主家鋪敘直變其體

全首近俗

意頗諷之

主家陰洞細烟霧，留客夏簟清（一作青）琅玕。春酒盃濃琥珀薄，冰漿椀碧瑪瑙寒。悞疑茅堂（一作屋）過江麓（一云江底），已入風磴霾雲端。自是秦樓壓鄭谷，時聞雜佩聲珊珊。

如此用古亦奇

李監宅（此題集註本是二首）

尚字全無當

西樵曰二語亦俗亦是

陋筆

尚覺王孫貴，豪家意頗濃。屏開金孔雀，褥隱繡芙蓉。且食雙魚美，誰看異味重。門闌多喜色，女壻近乘龍。

重題鄭氏東亭（在新安界）

只用如此興趣自足

頷聯亦是幽意

西樵曰杜酒張梨不爲佳

華亭入翠微秋日亂清暉（語俊）崩石欹山樹清漣曳水衣

紫鱗衝岸躍蒼隼護巢歸向晚尋征路殘雲傍馬飛（不成語）

題張氏隱居二首

春山無伴獨相求伐木丁丁山更幽澗道餘寒歷冰

雪石門斜日到林丘不貪夜識金銀氣遠害朝看麋（中有至理）

鹿遊乘興杳然迷出處對君疑是泛虛舟

之子時相見邀人晚興留霽一作濟潭鱣發發春草鹿（二句間有意韻）

呦呦杜酒偏勞勸張梨不外求前村山路險歸醉每

可删

無愁

天寶初南曹小司寇舅於我太夫人堂下累土爲山一匱盈尺以代彼朽木承諸焚香瓷甌甌甚安矣旁植慈竹蓋兹數峯嶔岑嬋娟宛有塵外數（一本無數字）致乃不知興之所至而作是詩

一匱功盈尺三峯意出羣望中疑在野幽處欲生雲
慈竹春陰覆香爐曉勢分惟南將獻壽佳氣日氛氳

龍門

排律則可排詩如此雖占氣象終是神氣不足

龍門橫野斷，驛樹出城來。氣色皇居近，金銀佛寺開。往還時屢改，川水（一作陸）日悠哉。相閱征途上，生涯盡幾廻。

奉寄河南韋尹丈人（甫敝廬在偃師，承韋公頻有訪問，故有下句）

有客傳河尹，逢人問孔融。青囊仍隱逸，章甫尚西東。鼎食分（一作爲）門戶，詞場繼國風。尊榮瞻地絕，疎放憶途窮。濁酒尋陶令，丹砂訪葛洪。江湖漂裋（一作短）褐，霜雪滿飛蓬。牢落乾坤大，周流（一作旋）道術空。謬慙知薊

亦從我胸臆間出

子眞怯笑楊雄盤錯神明懼謳歌德義豐尸鄉餘土室難說祝雞翁一云誰話咒雞翁

贈李白

秋來相顧尚飄蓬未就丹砂媿葛洪痛飲狂歌空度日飛揚跋扈爲誰雄

與任城許主簿遊南池

秋水通溝洫城隅進小船晚涼草堂本作來看洗馬森木亂鳴蟬萎熟經時一作旬雨蒲荒八月天晨朝降白露

方虛谷云後聯感慨秦碑魯殿俱亡以古意二字結之尤妙

下句各不成語聯璧伴能吏亦非雅

遥憶舊青氊

登兗州城樓 字壯好詩

東郡趨庭日南樓縱目初浮雲連海嶽一作代山平野入青徐孤嶂秦碑在荒城魯殿餘從來多古意臨眺獨躊躇

西樵曰此首妥雅耳在杜公集中非其至者後來摹杜得此派者爲多

劉九法曹鄭瑕丘石門宴集 拙得無興趣

秋水清無底蕭然淨客心掾曹乘逸興鞍馬去相尋能吏逢聯璧華筵直一金晚來橫吹好泓下一云到荒林

必有出處不然不成文理矣

西樵曰驟雨落河魚亦是節目妙境

老氣

亦龍吟一云尊酒宜如此人生復至今白頭逢晚歲相顧一悲吟

暫如臨邑至峼山湖亭奉懷李員外率爾成興

野亭逼湖水歇馬高林間鼉吼風奔浪魚跳日映山

尋常語良好

西樵曰多應事之語語亦不佳

暫遊阻詞伯却望懷青關靄靄生雲霧唯應促駕還

無味

對雨書懷走邀許十一簿公

無味

東岳雲峯起溶溶滿太虛震雷翻幕鷰驟雨落河一作溪魚座對賢人酒門聽長者車相邀愧泥濘騎馬到堦除

岱宗夫如何夫字及此詩可以字皆是少陵句法

篇法句法字法無不稱意

賦馬警句不涉此峻字今人以爲怪矣

兆壯驍黃

西樵曰落筆有一瞬千里之勢

巳上人茅齋

巳公茅屋下可以賦新詩枕簟入林僻茶瓜留客遲（大無意味）江蓮搖白羽天棘夢（亦疎淺）（蔓一作）青絲空忝許詢輩難酬支遁詞

房兵曹胡馬詩（有此筆力方許作此題詩）

胡馬大宛名鋒稜瘦骨成竹批雙耳峻風入四蹄輕（二句字亦險而陋）所向無空闊眞堪託死生驍騰有如此萬里可橫行

畫鷹

西樵曰命意精警句句不脫畫字

素練風一作如霜起蒼鷹畫作殊攫身思狡兎側目似愁胡條鏇光堪擿軒楹勢可呼何當擊凡鳥毛血灑平蕪

奇就使佳句與鷹無涉況堪擿字甚陋

可厭

語意盡

句句畫鷹然佳處不在此余評杜屢及此意所謂詩不必太貼切也

余於此下一轉語當在切與不切之間

○與李十二白同尋范十隱居

李侯有佳句往往似陰鏗余亦東蒙客憐君如弟兄醉眠秋共被携手日一作月同行更想幽期處還尋北郭生入門高興發侍立小童清落景聞寒杵屯雲對古城向來吟橘頌誰欲討蓴羹不願論簪笏悠悠滄

古人不妄比擬如此不承上

西樵曰意不可曉

大家起法

必如此流水而下方不板重

海情

臨邑舍弟書至苦雨黄河泛溢隄防之患簿領所憂因寄此詩用寬其意

二儀積風雨百谷漏波濤聞道洪河坼遙（一作迸）連滄海高職思（一作司）憂悄悄郡國訴嗷嗷舍弟卑棲邑防川領簿曹尺書前日至版築不時操難假黿鼉力空瞻烏鵲毛燕南吹畎畝濟上沒蓬蒿螺蚌滿近郭蛟螭乘九皐徐關深水府碣石小秋毫白屋留孤樹青

大可厭然難爲人言也

用不著

不成語

天一作雲矢一作失萬艘吾衰同泛梗利涉想蟠桃倚一作却賴天涯釣猶能掣巨鼇

西樵曰三語感慨跌宕無所不包

過宋員外之問舊莊員外季弟執金吾見知于代故有下句

宋公舊池館零落守一云首陽阿枉道祇從入吟詩許更過淹留問耆老寂寞向山河更識將軍樹悲風日暮多

起句可稱接又起甚有風趣別

夜宴左氏莊

風林一作林風纖月落衣露淨琴張暗水流花徑春星帶

無限情景

甚工

匼匝似是馬飾又匼與帢同另是一解

草堂檢書燒燭短看(一作說)劒(一作煎茗)引盃長詩罷聞吳

詠扁舟意不忘

送蔡希曾(一作魯)都尉還隴右因寄高三十五書

記(時哥舒入奏勒蔡子先歸)

蔡子勇成癖彎弓西射胡健(一作男)兒寧鬬死壯士恥

爲儒官是先鋒得材緣挑(徒了切)戰須身輕一鳥過槍

急萬人呼雲幕隨開府春城赴(一作入)上都馬頭金狎

帢(一作匼匝)驄背錦模糊咫尺雲(一作雪)山路(一云自至青雲外)歸

只許其清俊耳尚嫌不細西樵曰枯出細字亦是問者意之所及未及作者之意

飛青（一作西）海隅上公猶（荆作獨）寵錫突將且前驅漢使黃河遠涼州白麥枯因君問消息好在阮元瑜

全首警拔

春日憶李白

白也詩無敵（一作數）飄然思不羣清新庾開府俊逸鮑參軍渭北春天樹江東日暮雲何時一尊酒重與細論文（一作話斯文）

銖兩恰當

淡中之工

贈陳二補闕

世儒多汨沒夫子獨聲名獻納開東觀君王問長卿

皁雕寒始音試急天馬老能行自到青冥裏休看白髮生

寄高三十五書記 適

歎惜高生老新詩日又多美名人不及佳句法如何主將收才子崆峒足凱歌聞君已朱紱且得慰蹉跎

送裴二虬作尉永嘉

孤嶼亭何處天涯水氣中故人官就此絕境興一作與誰同隱吏逢梅福遊山憶謝公扁舟吾已就一作具把

釣待秋風　一云扁舟吾已買只是待秋風

前四句格高結亦不草草

城西陂泛舟

青蛾皓齒在樓船橫笛短簫悲遠天春風自信牙檣動遲日徐看錦纜牽魚吹細浪搖歌　一作歌　扇鷰蹴飛花落舞筵不有小舟能蕩槳　樊作舫　百壺那送酒如泉

壯而不夭

西樵曰此等語並不爲佳

不成詩語

贈田九判官　梁丘

崆峒使節上青霄河隴降王款聖朝宛馬總肥春　或作秦　苜蓿將軍只數漢　一作霍　嫖姚陳留阮瑀誰爭長京

白雲篇必有出乃可

兆田郎早見招麾下賴君才竝入獨能無意向漁樵

贈獻納使起居田舍人 澄

獻納司存雨路邊（一作偏）地分清切任才賢舍人退食收封事宮女開函近（一作捧）御筵曉漏追飛（刊作趨吳亦作趨）靑瑣闥晴窗點檢白雲篇揚雄更有河東賦唯待吹嘘送上天

送韋書記赴安西

夫子欻通貴雲泥相望懸白頭無籍在朱紱有哀憐

湊合閒話作結若不得了事而自有一種情致信可尋也

是起首章法　是十首起語

書記赴三捷（一作接）公車留二年欲浮江海去此別意蒼（一作茫）然

陪鄭廣文遊何將軍山林十首

不識南塘路、今知第五橋、名園依綠水、野竹上青霄、谷口舊相得、濠梁同見招、平生為幽興、未惜馬蹄遙、

百頃風潭上、千重（草堂本作章）夏木清、卑枝低結子、接葉暗巢鸎、鮮鯽銀絲鱠、香芹碧澗羮、翻疑柂樓底、晚飯越中行、

西樵常謂十首中宕此一首見章法

此律人以爲極佳然杜好處正不在是

萬里戎王子何年別月支異花開絶域滋蔓匝清池漢使徒空到神農竟不知露翻兼雨打開拆日荊作漸離披詩自老境

旁舍連高竹踈籬帶晚花碾渦深沒馬藤蔓曲藏一作垂蚍詞賦工無一作何益山林跡未賒盡撚蔡夢弼正作拈書籍賣來問爾東家後四句一氣結意從第六句生出

剩水滄江破殘山碣石開綠垂風折筍紅綻雨肥梅銀甲彈箏用金魚一作纓非換酒來與移無酒掃隨意坐

莓苔

風磴吹陰（一作梅）雪雲門吼瀑泉酒醒思卧簟衣冷欲（一作得）裝綿野老來看客河魚不取錢只疑淳朴處自有一山川

朴而無味

此朴則可

棘（刺作棟）樹寒雲色茵蔯春藕香脆添生菜美陰益（一作蓋）食單涼野鶴清晨出（一作至）山精白日藏石林蟠水府百里獨蒼蒼

可厭

胡說

憶過楊柳渚走馬定昆池醉把青荷葉狂遺白接䍦

刺七亦切船思郢客解水乞吳兒坐對秦山晚江湖興（無端及此）

頗隨

亦自清暢

牀上書連屋階前樹（無味）拂雲將軍不好武（不爲雅）稚子總能文

醒酒微風入聽詩靜夜分絺衣挂蘿薜涼月白紛紛

末首正須如此見欲去不忍去意

幽意忽不愜歸期無奈何出門流水注一作住迴首白

是十首結語

雲多一作雜花多自笑燈前舞誰憐醉後歌秪應與朋好

風雨亦來過（是末首章法）

重過何氏五首

何氏十五首遂務園林之冠爲其人工之極更近自然不後不深恰好而止

聯中既有吾廬結不當如此亦失照顧

問訊東橋竹將軍有報書倒衣還命駕高枕乃吾廬

花妥刊作墮鷺捎蝶溪喧獺趁魚重來休沐地眞作野人居

山雨樽仍在沙沉榻未移犬迎曾宿客吳曾漫錄顧陶本作犬憎閒宿客鴉護落巢兒雲薄翠微寺天淸雍錄天寒黃子陂向來幽興極步屧一作履一作展過東籬

句句是重過能不落小家

落日平臺上春風啜茗時石闌斜點一作照筆桐葉坐題詩翡翠鳴衣桁蜻蜓立釣絲自今幽興熟一云自逢今日

極無味　又將一

事作聯尤為不必

雨抛一聯即前詩將軍不好武意解者正以好奇失之

頷聯即朝參懶也

興來往亦無期

頹恠朝參懶應耽野趣長雨抛金鎖甲苔臥綠沉槍

手自移蒲柳家纔足稻粱看君用幽意白日到羲皇（對不得又非此業中語）

到此應常宿相留可判年蹉跎暮容色（一作鬢）悵望好（一字又不可通）

林泉何路（一作日）霑微祿歸山買薄田斯遊（一作終身）恐不

遂把酒意茫然

冬日有懷李白

寂寞書齋裏終朝獨爾思更尋嘉樹傳不忘角弓詩

西樵曰二落畢竟雅適

都不成詩

短（裋刊作）褐（不成語）風霜入還丹日月遲（亦不成語）未因乘興去空有鹿
門期

杜位宅守歲

守歲阿戎（成刊作）家椒盤已頌花盍簪喧櫪馬列炬散（不得不佳）
林鴉四十明朝過飛騰暮景斜誰能更拘束爛醉是
生涯

與鄠縣源大少府宴渼陂 得寒

應爲西陂好食錢（欠雅）罄一餐飯抄雲子白瓜嚼水精寒

無計迴船下空愁避酒難主人情爛熳持荅翠琅玕

崔駙馬山亭宴集

蕭史幽棲地林間踏鳳毛洑流何處入亂石閉門高客醉揮金椀詩成得繡袍清秋多宴會一云賞藥終日困香醪

九日楊奉先會白水崔明府

今日潘懷縣同時陸浚儀坐開桑落酒來把菊花枝天宇清霜淨公堂宿霧披晚酬留客舞鳧舄共差池

贈翰林張四學士

翰林逼華蓋，鯨力破滄溟。天上張公子，宮中漢客星。賦詩拾翠殿，佐酒望雲亭。紫誥仍兼綰，黃麻似六經。內分魯訔作頒金帶赤，恩與荔枝青。無復隨高鳳，空餘泣聚螢。此生任春草，垂老獨漂萍。儻憶山陽會，悲歌在一聽。

送張二十參軍赴蜀州因呈楊五侍御

好去張公子，通家別恨添。兩行秦樹直，萬點一作朶蜀

此首全咏雨矣太切

山尖御史新驄馬參軍舊紫髯皇華吾善處於汝定
無嫌

陪諸貴公子丈八溝携妓納涼晚際遇雨二首

落日放船好輕風生浪遲竹深留客處荷淨納涼時
公子調冰水佳人雪藕絲片雲頭上黑應是雨催詩

此類語不見意致

不成語

雨來霑席上風急（一作惡）打船頭越女紅裙濕燕姬翠
黛愁纜侵隄柳繫幔宛（一作卷）浪花浮歸路翻蕭颯陂
塘五月秋

只是一句意

戲有趣

白水明府舅宅喜雨 得過字

老境

吾舅政如此，古人誰復過。碧山晴又濕，白水雨偏多。精禱既不昧，歡娛將謂何。湯年旱頗甚，今日醉絃歌。

陪李金吾花下飲

勝地初相引，余（徐一作）行得自娛。見輕吹鳥毳，隨意數花鬚。細草穪偏（偏一作稱）坐，香醪嬾再沽。醉歸應犯夜，可怕李金吾。

結句恰合

贈高式顔

起十字包許多離合人人有此意妙說得出

無限情語在十字中讀之令人飛動

昔別是一作人何處相逢皆老夫故人還寂寞削跡共艱虞自失論文友空知賣酒壚平生飛動意見爾不能無

論文友指高適也按適以永泰元年卒此詩當作于大歷以後不應列此卷

近俗

贈比部蕭郎中十兄甫從姑子也

有美生人傑由來積德門漢朝丞相系梁日帝王孫蘊藉爲郎久魁梧秉哲尊詞華傾後輩風雅藹孤騫宅相榮姻戚兒童惠討論見知眞自幼謀拙醜一作媿諸昆漂蕩雲天闊沉埋日月奔致君時已晚懷古意

都不成詩

空存中散山陽鍜愚公野谷村寧紓長者轍歸老任乾坤

九日曲江

綴席茱萸好浮舟菡萏衰季秋時欲半刋作百年秋已半九日意兼悲江水清源曲荆門此路疑晚來高興盡搖蕩菊花期

承沈八丈東美除膳部員外阻雨未遂馳賀奉寄此詩

通首無一警無好語

起手大好氣概

今日西京掾，多除南省郎。（何說。府掾四人同日拜郎）通家惟沈氏，謁帝似馮唐。（無倫次）詩律羣公問，儒門舊史長。淸秋便寓直，列宿頓輝光。未暇申宴（一作安）慰，含情空激揚。司存何所比，膳部默悽傷。（甫大父昔任此官）貧賤人事畧，經過霖潦妨。禮同諸父長，恩豈布衣忘。天路牽騏驥，雲臺引棟梁。徒懷貢公喜，颯颯鬢毛蒼。

奉留贈集賢院崔于二學士（國輔 休烈）

昭代將垂白，途窮乃叫閽。氣衝星象表，詞感帝王尊。

古朴典雅詩人多不及此

唐人挽詩無能如此造意用語眞奇特也

天老書題目春官驗討論倚風遺鶂路隨水到龍門（不成語）竟與蛟螭雜空閙（一作寂閙 一作寂無）鸞雀喧青冥猶契闊（一云連頑洞）陵厲不（一云小）飛翻儒術誠難起家聲庶已存故（好語惜非杜句耳）山多藥物勝槩憶桃源欲整還鄉旆長懷禁掖垣謬稱三賦在難述二公恩（甫獻三大禮賦出身二公常謬稱述）

故武衛將軍挽歌三首

嚴警當寒夜前軍落大星壯夫思感（陳作敀）決哀詔惜精靈王者今無戰書生已勒銘封侯意疎闊編簡爲

雖見氣格而詩人風致元不如此○膳字終不可解

誰青
舞劒過人絕鳴弓射獸能銛鋒行愜順猛噬失蹻騰
赤羽一作雨千夫膳黃河十月冰橫行沙漠外神速至
今稱

赤羽句是能射注脚然注近鑿

哀挽青門去新阡絳水遙路人紛雨泣天意颯風飈
部曲精仍銳匈奴氣不驕無由覩雄略大樹日蕭蕭

官定後戲贈時免河西尉為右衛率府兵曹

不作河西尉淒涼為折腰老夫怕趨走率府且逍遙

是杜集中有名好詩。正難得彷彿。

舊評以吹帽正冠爲合掌僕朝宗云此二句一氣轉旋正見大方不以帽冠小節爲嫌眞篤論也○末句遂開宋派

耽酒須微祿狂歌託聖朝故山歸興盡廻首向風飈

○○九日藍田崔氏莊（自此已後詩十三首沒賊時作）

老去悲秋強自寬興來今（一作終）日盡君歡羞將短髮還吹帽笑倩旁人爲正冠藍水遠從千澗落玉山高竝兩峯寒明年此會知誰健（一作在）醉（一云再）（一云）把茱萸子細看

○○崔氏東山草堂（格老而秀）

愛汝玉山草堂靜高秋爽氣相（一作多）鮮新有時自發

頷聯正承靜字

用字與唐諸家他人不如是起所以爲奇別

好

不言思兒女情在言外

鐘磬響落日更見漁樵人盤剝白鴉谷口粟飯煮靑泥坊底芹何爲西莊王給事柴門空閉鏁（一作好）松筠

對雪

沉著悽惋

戰哭多新鬼愁吟獨老翁亂雲低薄暮急雪舞迴風瓢棄（一作弄瓢）樽無綠爐存火似紅數州消息斷愁坐正書空

結注明起句意

月夜

今夜鄜州月閨中只獨看遙憐小兒女未解憶長安

香霧雲鬟濕清輝玉臂寒何時一云當倚虛幌雙照淚痕乾

遣興

卽此起亦不佳眞率實工

驥子好男兒前年學語時問知人客姓誦得老夫詩世亂憐渠小家貧仰母慈鹿門攜不遂雁足繫難期一云鹿門攜有處鳥道去無期天地軍麾滿山河戰角悲儻一作東歸免相失見日一作爾敢辭遲

眞情苦語

元日寄韋氏妹

全首沉痛正不易得

眞是全篇傳誦久矣不待贊矣

近聞韋氏妹迎在漢鍾離郎伯殊方鎮京華舊國移春城廻北斗郢樹發南枝不見朝正使啼痕滿面垂

春望

水東記聞云山河在草木深明無人無物矣花鳥平時可娱之物見之而泣聞之而悲則時可知矣

國破山河在城春草木深感時花濺淚恨別鳥驚心

語成習見作者自推

烽火連三月家書抵萬金白頭搔更短渾欲不勝簪

憶幼子 字驥子時隔絕在鄜州

驥子春猶隔鶯歌煖正繁別離驚節換聰慧晉作惠與誰論澗水空山道柴門老樹村憶渠愁只制作即睡炙

背俯晴軒

一百五日夜對月

無家對寒食有淚如金波斫却顧陶本作折盡月中桂清光應更多仳離放紅蕊想像嚬青蛾晉作娥牛女漫愁思秋期猶渡河

西樵曰此詩以無家二字爲主因對月故言無家而感歎濺淚有如此金波其正說月處只三四兩句五六以下總言無家之感耳又曰仳離句不粘月言言正值仳離却當花放亦感時花濺淚之類夢弼註謂紅蕊桂花恐拘於對月而謬爲之說耳

杜工部集卷九終

杜工部集卷十目錄

近體詩一百二十四首

喜達行在所三首
得家書
奉贈嚴八閣老
奉送郭中丞兼太僕卿充隴右節度使
送楊六判官使西蕃
月

留別賈嚴二閣老兩院補闕
晚行口號
獨酌成詩
行次昭陵
重經昭陵
喜聞官軍已臨賊寇二十韻
收京三首
臘日

紫宸殿退朝口號
曲江二首
曲江對酒
曲江對雨
早朝大明宮賈至
和賈至舍人早朝大明宮
同前王維 岑參
宣政殿退朝晚出左掖

題省中院壁
春宿左省
送翰林張司馬南海勒碑
晚出左掖
曲江陪鄭八丈南史飲
送賈閣老出汝州
鄭駙馬池臺喜遇鄭廣文同飲
送鄭虔貶台州司戶

題鄭十八著作虔作主人
端午日賜衣
贈畢四
酬孟雲卿
奉贈王中允維
奉陪鄭駙馬韋曲二首
寄左省杜拾遺岑參
奉答岑參補闕見贈

送許八拾遺歸江寧覲省

因許八奉寄江寧旻上人

至德二載自京金光門出乾元初有悲往事

寄高三十五詹事

路逢襄陽少府入城戲呈楊員外綰題鄭縣亭

題鄭縣亭子

望岳

至日遣興奉寄北省舊閣老兩院故人二首

得弟消息二首
憶弟二首
得舍弟消息
秦州雜詩二十首
月夜憶舍弟
宿贊公房
東樓
雨晴

寓目
山寺
即事
遣懷
天河
初月
歸鷰
擣衣

促織
螢火
蒹葭
苦竹
除架
廢畦
夕峯
秋笛

送遠

觀兵

不歸

天末懷李白

獨立

日暮

空囊

病馬

蕃劒

銅瓶

觀西安兵過赴關中待命二首

送人從軍

野望

示姪佐

佐還山後寄三首

從人覓小胡孫許寄

秋日阮隱居致薤三十束
秦州見勅目除薛三璩畢四曜兼述索居
寄彭州高使君適虢州岑長史參三十韻
寄岳州賈司馬巴州嚴使君兩閣老五十韻
寄張十二山人彪三十韻
寄李十二白二十韻

杜工部集卷十目錄終

西樵曰五字痛

杜工部集卷十

近體詩一百二十四首避賊至鳳翔及收復京師在諫省出華州轉至秦州

作

喜達行在所三首自京竄至鳳翔

西憶岐陽信無人遂却廻眼穿當一作看落日心死著

寒灰霧一作茂樹行相引蓮峯一作連山望忽一作或開所親

驚老瘦辛苦賊中來

愁一作秋思胡笳夕凄涼漢苑春生還今日事間道暫

未盡情況西樵曰此等事作一排律自不能盡意

溫惻最佳

時人司隸章初覩南陽氣已新喜心翻倒極嗚咽淚一作涕霑巾平直不工死去憑誰報歸來始自憐猶瞻太白雪喜遇武功天影靜千官一作門裏心蘇七校前今朝漢社稷新數中張仲反興年

得家書

去憑遊客寄一云休汝騎來爲附家書今日知消息他鄉且舊居熊兒幸無恙驥子最憐渠臨老羈孤極傷時

終少結構但見疎淡

全好

易

會合疎二毛趨帳殿一命侍鸞輿北闕妖氛滿西郊白露初涼風新過雁秋雨欲生魚農事空山裏眷言終荷鋤一云終篇言荷鋤

奉贈嚴八閣老

扈聖英華作扈從一作今日登黃閣明公獨妙年蛟龍得雲雨鵰鶚在秋天客禮容疎放官曹可一作許接聯新詩句句好應任老夫傳

奉送郭中丞兼太僕卿充隴右節度使三十韻

聲意奇語皆穩稱妥貼亦長律之任者

儘當作摯

英乂

詔發西山（一作山西）將秋屯（一作營）隴右兵淒涼餘部曲燀（一作烜）赫舊家聲鵰鶚乘時去驊騮顧主鳴艱難須（一作思）上策容易即前程斜日當軒蓋高（一作蹄）風卷旆旌松悲天水冷沙亂雪山清和虜猶懷惠防邊不（一作詎）敢驚古來於異域鎮靜示（一作得）專征燕薊奔封豕周秦鰐駭鯨中原何慘黷餘（一作遺）孽尚縱横箭入昭陽殿笳吟細柳營內人紅袖泣（一作短）王子白衣行宸極

祆星動一作大圜陵一作林殺氣平空餘金椀出無復繐
帷輕毀廟天飛雨焚宮火徹明罘罳朝共落楡桷夜
同傾三月師逾整羣胡一作兇勢就烹瘡痍一作恭承親接
戳勇決一作餘勇冠垂成妙譽期元宰殊恩且列卿幾時
迴節鉞戮力掃攙搶圭竇一云蓬戶三千士雲梯七十城
恥非齊說客秖一作甘似魯諸生通籍微班忝周行獨
坐縈隨肩趨漏刻短髮寄一作媿簪纓徑欲依劉表還
疑一作能無厭禰衡漸衰那一作寧此別忍淚獨含情廢邑

杜公長律固擅絶唐代然多以宏議隱事發其壯巨甚或組麗其詞突兀其氣如此平順典麗則間見矣

此猶是家之正鋒

狐狸語空村虎豹爭人頻墜塗炭公豈忘精誠元帥調新律（一作鼎）前軍壓舊京安邊仍扈從莫作（一云無使）後功名

結是雁塞語

送楊六判官使西蕃

送遠秋風落西征海氣寒帝京氛祲滿人世別離難絶域遙懷怒和親願結歡勅書憐贊普兵甲望長安宣命（一作令）前程急惟良待士寬子雲清自守今日起爲官垂淚方投筆傷時卽據鞍儒衣山鳥怪漢節野

童看邊酒排金盞（一作盌）夷歌捧玉盤草輕（一作肥）蕃馬健雪重拂廬乾愼爾參籌畫從茲正羽翰歸來權可取九萬一朝摶

月

天上秋期近人間月影淸入河蟾不沒擣藥兔長生只益丹心苦能添白髮明干戈知滿地（一作道）休照國西營

畱別賈嚴二閣老兩院補闕（得雲字賈至嚴武一作兩院遺補）

諸公

田園須暫往戎馬惜離羣去遠留詩別愁多任酒醺

一秋常苦雨今日始無雲山路時一作晴吹角一作笛那

堪處處聞　情真

晚行口號

三川不可到歸路晚山稠落雁浮寒水饑烏集戍樓

市朝今日異喪亂幾時休遠媿梁江摠還家尚黑頭

獨酌成詩

雅正奇崛直大手筆

燈花何太喜酒綠一作色正相親醉裏從爲客詩成覺有神兵戈猶在眼儒術豈謀身共一作苦被微官縛低頭媿野人

情致騷宕

行次昭陵

舊俗疲庸主羣雄問獨夫讖歸龍鳳質威定虎狼都天屬尊堯典神功協禹謨風雲隨絕一作逸足日月繼一作亭高衢文物多師古朝廷半老儒直詞寧戮辱賢路不崎嶇往者災猶降蒼生喘未蘇指麾安率土盪

此句恰好

牽强

經

嚴正典則

言神靈如在也

滁撫洪鑪壯士悲陵邑幽人拜鼎湖玉衣晨自舉鐵英華作石馬汗常趨松柏瞻虛一作靈殿塵沙立暝樊作暗途寂寥開國日流恨滿山隅

重經昭陵

草昧英雄起謳歌歷數歸風塵三尺劍社稷一戎衣翼亮貞文德丕承戢武威聖圖天廣大宗祀日光輝陵寢盤空曲熊羆守翠微再窺松柏路還見草堂作有五雲飛

重經昭陵當在收京後故結語云云

殊欠潤腴一味枯瘦耳

喜聞官軍已臨賊寇二十韻

胡虜（一作騎）潛京縣官軍擁賊壕鼎魚猶假息穴蟻欲何逃帳殿羅元冕轅門照白袍秦山當警蹕漢苑入旌旄路失（一作濕）羊腸險雲橫雉尾高五原空壁壘八水散風濤今日看天意遊魂貸爾曹乞降那更得尚詐莫徒勞元帥歸龍種司空握（一作擁）豹韜前軍（一作旌）蘇武節左將呂虔刀兵氣同飛鳥威聲沒巨鼇戈鋋開雪色弓矢尚（晉作向）秋毫天步艱方盡時和運更遭

鋒先騎突皆失
大家

此首用故實皆
不近情不切事
○仍自變亂說
起

誰云遺一作貴毒螫一作蠆已是沃腥臊豈想一作思丹墀近神行羽衛牢花門騰絕漠拓羯渡臨洮此輩感恩至羸俘何足操鋒先衣染血騎突劍吹毛喜覺都城動悲憐吳作連子女號家家賣釵釧只待獻春醪

收京三首

仙仗離丹極妖星照玉除須爲下殿走不可好樓居一云得非羣盜起難作九重居暫屈汾陽駕聊飛燕將書依然七廟略更與萬方初

雖不驚絕而情致沖融亦兼灑然

生意甘衰白天涯正寂寥忽聞哀痛詔又下聖明朝羽翼懷一作慚商老文思憶帝堯叨逢罪己日霑灑一作洒涕望青霄

汗馬收宮闕春城鏟賊壕賞應歌杕杜歸及薦櫻桃雜虜橫戈數一作魯梁功臣甲第高萬方頻一作同送喜無乃聖躬勞

結句忠愛藹然

臘日

臘日常年一作年年煖尚遙今年臘日凍全消侵陵雪色

亦好

還萱草漏洩春光有柳條縱酒欲謀良（一作長）夜醉還家初散（一云放）紫（一云北）宸朝口脂面藥隨恩澤翠管銀罌下九霄

紫宸殿退朝口號

戶外昭容紫袖垂雙瞻御座引朝儀香飄合殿春風轉花覆千官淑景移晝漏希（一作聲）聞高閣報天顏有喜近臣知宮中每出歸東省會送夔龍集（一作到）鳳池

曲江二首（二首之佳難以名狀）

方虛谷云一片花飛且不可而況萬點乎

宣政等作何其春容華藻游賞詩乃又跌宕不覊如此蓋各有體也

唐人傷春語佳者極多皆當北面

韻勝而不涉輕淺妙哉

一片花飛減却春風飄萬點正愁人且看欲盡花經眼莫厭傷多酒入脣

纔最是顛倒

江上小堂川作棠巢翡翠花一作苑邊高塚臥麒麟細推物理須行樂何用晉作事浮名一作榮絆此身

劇出高興

朝回日日典春衣每日江頭盡醉歸酒債尋常行處有人生七十古來稀

真率有情

穿花蛺蝶深深見一作舞點水蜻蜓欵欵一云緩緩飛傳語風光共流轉暫時相賞莫相違

曲江對酒

結得思致難喻

末二句仍望有承平之樂也

二字無謂

苑外江頭坐不歸水精春（宫一作）殿轉霏微桃花細逐（不足貴）

楊花落（一云欲共梨花語）黃鳥時（一作仍）兼白鳥飛縱飲久判

人共棄懶朝眞與世相違吏（一作含）情更覺滄洲遠老

大悲傷未拂衣

桃花一聯自是風致學之易纖

曲江對雨（晉作值雨）

城上春雲覆苑牆江亭晚色靜年（一作天）芳林花著雨

燕脂（一作支）落水荇牽風翠帶長龍武新軍深（一作經）駐

輦芙蓉別殿謾焚香何時詔（一作重）此金錢會暫（一作爛）

◎

早朝典麗微傷覺重故應出岑王下不惟於諸同作爲劣集中亦是敗篇

粘似不可失然唐人亦不拘拘也

醉佳人錦瑟旁

早朝大明宫呈兩省寮友　　賈　至

銀燭朝天紫陌長禁城春色曉蒼蒼千條弱柳垂青瑣百轉流鶯滿建章劒珮聲隨玉墀步衣冠身染御鑪香共沐恩波鳳池裏朝朝染翰侍君王

奉和賈至舍人早朝大明宫舍人先世嘗掌絲綸

五夜漏聲催曉箭九重一作天春色醉仙桃旌旗日煖龍蛇動宫殿風微鷰雀高朝罷香煙攜滿袖詩成珠

玉在揮毫欲知世掌絲綸美池上于一作如今有一作得鳳毛

同前　王維

絳幘雞人報一作送曉籌尚衣方進翠雲裘九天閶闔開宮殿萬國衣冠拜冕旒日色纔臨仙掌動香烟欲傍袞龍浮朝罷須裁五色詔佩聲歸到鳳池頭

同前　岑參

雞鳴紫陌曙光寒鶯囀皇州春色草堂作夜闌金闕曉鐘

氣象嚴重詞旨清楚風格典麗乃佳作也

開萬戶玉墀仙仗擁千官花迎劒佩星初落柳拂旌旗露未乾獨有鳳凰池上客陽春一曲和皆難

宣政殿退朝晚出左掖

天門日射黃金榜春殿晴曛一作熏赤羽旗宮草微微一雲霏霏承委珮鑪烟細細駐遊絲雲近蓬萊常好一作五色雪殘鳷鵲亦多時侍臣緩步歸青瑣退食從容出每遲

題省中院壁

起妙○杜公善用多字

不成句

掖垣竹埤梧十尋洞門對霤（一作雪）常陰陰落花遊絲白日靜鳴鳩乳燕青春深腐儒衰晚謬通籍退食遲迴違寸心袞職會無一字補許身媿比雙南金

雖不工猶爲有意味

春宿左省

花隱掖垣暮啾啾棲鳥過星臨萬户動月傍九霄多不寢聽金鑰（英華作不寐聽金鑰）因風想玉珂明朝有封事數問夜如何

寄有此景語則穩矣

月傍九霄多身親此景常想其佳然不堪

回想矣

送翰林張司馬（一云學士）南海勒碑（相國製文）

劉云起大體

西樵曰頌聯冠冕頻聯纖濃此用筆之妙

冠冕通南極文章落上台詔從三殿去（一云天上）碑到百蠻開野館濃花發春帆細雨來不知滄海上（一作使）天遣幾時迴

大頌壯麗合知此格法　結又得體

劉云愛之望之祝之願之

此郁然佳先生手書之詩予於江戶覓得之柳邊作柳烟欲作路似較佳當再校訂　辛卯歲兩節之際　宜原識

晚出左掖

晝刻傳呼淺春旗簇仗齊退朝花底散歸院柳邊迷

不爲佳句

樓雪融城濕宮雲去殿低避人焚諫草騎馬欲雞棲

亦是寫境耳作起語妙絕若㝍

曲江陪鄭八丈南史飲

起境流屬情致具足

雀啄江頭黃柳花鵁鶄鸂鶒滿晴沙自知白髮非春

◎

事且盡芳尊戀物華近侍即今難浪跡此身那得更無家丈人文才一作力猶強健豈傍青門學種瓜

送賈閣老出汝州

西掖梧桐樹空留一院陰艱難歸故里去住損春心宮殿青門隔雲山紫邏深人生五馬貴莫受二毛侵

鄭駙馬池臺喜遇鄭廣文同飲

不謂生戎馬何知共酒盃然臍郿塢敗握宋景文作禿節漢臣回白髮千莖雪丹心一寸晉作片灰別離經死一作

頓挫法

此地披寫忽登臺重對秦簫發俱過阮宅一作巷來留連一作醉留春夜舞一作席淚落強一作更徘徊一云醉留春苑夜舞淚落徘徊

送鄭十八虔貶台州司戶傷其臨老陷賊之故闕爲面別情見于詩

鄭公樗散鬢成一作如絲酒後常稱老畫師萬里傷心嚴譴日百年垂死中興時蒼惶一作倉皇已就長途往邂逅無端出餞遲便與先生應永訣九重泉路一作下盡

此七排也杜集不多作此體

交期

題鄭十八著作虔 故居

台州地闊（一作僻）海冥冥雲水長和島嶼青亂後（一作纔総）故人雙別淚春深（一作飄颻）逐客一浮萍酒酣懶舞誰相拽詩罷能吟不復聽第五橋東流恨水皇陂岸北結愁亭賈生對鵩傷王傅蘇武看羊陷賊庭可念此翁懷（一作常）直道也霑新國用輕刑禰衡實恐遭江夏方朔虛傳是歲星窮巷悄然（一作一朝）車馬絕案頭乾死讀

何大復極賛此吾所不知

結句之妙唐人絕無

書螢

端午日賜衣

不有可欣曉者否意則無謂

宮衣亦有名端午被恩榮細葛含風軟香羅疊雪輕自天題處濕當暑著來清意內稱一云恰稱身長短終身荷聖情

贈畢四曜

才大今詩伯家貧苦宦卑饑寒奴僕賤顏狀老翁爲同調嗟誰惜論文笑自知流傳江鮑體相顧免無兒

不見佳

真語

若無着意處允無人可及

不見佳

爲中允表暴心跡語語斟酌

酬孟雲卿

樂極傷頭白更長一作深愛燭紅相逢難流俗本作雖衮衮告別莫怱怱但恐天河落寬辭酒盞空明朝牽世務揮淚各西東

奉贈王中允維

中允聲名久如今契闊深共傳收庾信不比得陳琳一病緣明主三年獨此心窮愁應有作試誦白頭吟

奉陪鄭駙馬韋曲二首

此首絶好

忽復自傷

韋曲花無賴家家惱殺人綠樽雖一作須盡日白髮好禁一作傷春石角鉤衣破藤枝一作蘿刺眼新何時占叢竹頭戴小烏巾

野寺垂楊裏春畦亂水間美花多映竹好鳥不歸山城郭終何事風塵豈駐顏誰能共公子薄暮欲俱還

寄左省杜拾遺　岑參

聯步趨丹陛分曹限紫微曉隨天仗入暮惹御香歸白髮悲花落青雲羨鳥飛聖朝無闕事自覺諫書稀

全篇皆妙起語之妙形容不盡

奉荅岑參補闕見贈

窈窕清禁闥罷朝歸不同君隨丞相後我往一作往非日華東冉冉柳枝碧娟娟花蘂紅故人得佳句獨一作猶贈白頭翁

送許八拾遺歸江寧覲省甫昔時常客遊此縣於許生處乞瓦棺寺維摩圖樣志諸篇末

詔許辭中禁慈顏赴樊作拜北堂一云天語辭中禁家榮赴北堂聖朝新孝理祖席倍輝光一云行子倍恩光內一作贈帛擎偏重宮

情與至則不待工語而目無不工

結不稱

衣著更香淮陰清新一云夜驛京口渡江航春隔雞人晝秋期鷰子凉賜書誇叐老壽酒樂城隍一云竹引趨庭曙山添扇枕凉十年過叐老幾日賽城隍看畫曾饑渴追蹤恨一作限淼茫虎頭金粟影神妙獨難忘

因許八奉寄江寗旻上人

不見旻公三十年封書寄與淚潺湲舊來好事今能否老去新詩誰與一作為傳棊局動隨尋一作幽澗竹袈裟憶上泛湖船聞君話我為官在頭白昏昏只醉眠

至德二載甫自京金光門出問（樊作間）道歸鳳翔乾元初從左拾遺移華州掾與親故別因出此門有悲往事

此道昔歸順西郊胡正（一作騎）繁至今殘破膽應（一作猶）有未招魂近得（一作侍）歸京邑移官豈（一作遠）至尊無才日衰老駐馬望千門

寄高三十五詹事　適

安穩高詹事兵戈久索居時來如（一作知）宦達歲晚莫

情疎天上多鴻雁池一作河中足鯉魚相看過半百不寄一行書

路逢襄陽楊少府入城戲呈楊員外綰甫赴華州日詩

寄員外茯苓一本戲題四韻附呈許員外爲求茯苓

寄語楊員外山寒少茯苓歸來稍暄一云候和暖當爲劚青冥翻動一作倒神仙一作龍蛇窟封題鳥獸形兼將老藤杖扶汝醉初醒

詩代尺牘亦自有致

題鄭縣亭子

鄭縣亭子澗之濱戶牖憑高發興新雲斷岳蓮臨大路（一作道）天晴（一作清）宮（一作官）柳暗長春巢邊野雀（一作鵲）羣欺鶯花底山蜂遠趁人更欲題詩滿青竹晚來幽獨恐傷神

無味

望岳

無一句與後人登華同

語語是望岳然佳處正不在此

子湘評佳處不在此此字當改作望字不然似不足此詩也

西岳崚嶒（一云危稜）竦處尊諸峯羅立（一作列）如（一作似）兒孫安得仙人九節杖拄到玉女洗頭盆車箱入谷無歸路（一作同）箭栝（晉作閣一作閤）通天有一門稍待西（吳作秋）風凉

別

冷後高尋白帝問眞源

蒼老渾勁此種氣候極是難到

至日遣興奉寄北省舊閣老兩院故人一作補遺二首

首尾穩直而意致委曲忿諷怨深後首遂乖矣

去歲茲辰捧御牀五更三點入鵷行欲知趨走傷心地正想氛氳滿眼香無路從容陪語笑有時顛倒著衣裳何人錯憶一作認窮愁日愁日愁隨刊作日愁隨一線長

八句只一氣讀

憶昨逍遙供奉班去年今日侍龍顏麒麟不動鑪烟

章法好

五詩全是一片真氣流注便爾絕妙不能摘句獨佳

西樵曰此等皆杜之可存者不得以其平而忽之又曰憐存語更悽

上孔雀徐開扇影還玉几（一作座）由來天北極朱衣只在殿中間孤城此日堪腸斷愁對寒雲雪（一作白）滿山

得弟消息二首

近有平陰信遙憐舍弟存側身千里道寄食一家村烽舉新酣戰啼垂舊血痕不知臨老日招得幾人（一作時）魂

汝儒歸無計吾衰往未期浪傳烏鵲喜深負鶺鴒詩生理何顏面憂端且歲時兩京三十口雖在命如絲

悲惻仳離之詩更無出此老右者

憶弟二首 時歸在南陸渾莊 好句

喪亂聞吾弟，饑寒傍濟州。人稀吾（書一作）不到，兵在見何由。憶昨狂催走，無時病去憂。即今千種恨，惟共水東流。

倒不成句

且喜河南定，不問鄴城圍。百戰今誰在，三年望汝歸。故園花自發，春日鳥還飛。斷絕人烟久，東西消息稀。

得舍弟消息

亂後誰歸得，他鄉勝故鄉。直（若一作）為心厄苦，久念（一作

得與汝一作存亡汝書猶在壁汝妾室一作已辭房舊犬知愁恨垂頭傍我牀

開戶便與人不同

秦州雜詩二十首

滿目悲生事因人作遠遊遲廻度隴怯浩蕩及一入關愁水落魚龍夜山空一作通鳥鼠秋西征問烽火心折此淹留

本無味尋常過得耳

秦州山城一作北寺勝跡一云傳是隗囂宮苔蘚山門古一作故丹青野殿空月明垂葉露雲逐渡溪風清渭無情

豈不巧不足貴此類是也

范德機云渭水無情而知東向有人性而不知

詩中題山川人人所有而如此二句便與人不同有不知其所以然者只可意喻耳讀之自具扶拖要害險遠而形勢關係之意

何等渾厚

極愁時獨向東

州圖領同谷驛道出流沙降虜兼千帳居人有萬家（無意味）

馬驕珠（一作朱）汗落胡舞白蹄（一作題）斜年少臨洮子（一作）

子主 西來亦自誇

鼓角緣邊郡川原欲夜時秋聽殷地發風散入雲悲

（無味）

抱葉寒蟬靜歸來（一作山）獨鳥遲萬方（一作年）聲一槩吾

道竟何之（聲一槩即鼓角聲也）

（便語）

南使宜天馬由來萬匹強浮雲連陣沒秋草徧（一作滿）

山長聞說眞龍種仍殘（一云空餘）老驌驦哀鳴思戰鬬迴立向蒼蒼
城上胡笳奏山邊漢節歸防河赴滄海奉詔發金微（一作徽）士苦形骸黑旌疎（旌一作林）鳥獸稀那聞（一作堪）往來戍恨解鄴城圍
莽莽萬重山孤城山（一作石）谷間無風雲出塞不夜月臨關屬國歸何晚樓蘭斬未還烟塵獨（一作一）長望哀颯正摧（一作催）顏

但見其喧呼而已

聞道尋源使從天此路迴牽牛去幾許宛馬至今來
一望幽燕隔何時郡國開東征健兒盡羌笛暮吹哀
今日明人眼臨池好驛亭叢篁低地碧高柳半天青 通不成章
稠疊多幽事喧呼閱使星老夫如有此不異在郊坰
雲氣接崑崙涔涔塞雨繁羌童看渭水使一作沽客向一作尙河源烟火軍中幕牛羊嶺上村所居秋草淨正閉小蓬門
蕭蕭古塞冷漠漠秋雲低黃鵠翅垂雨蒼鷹饑啄泥 可厭

是何話說亦有何緣故可笑

薊門誰自北漢將獨征西不意書生耳（一作眼）臨衰厭（一作見）鼓鞞

山頭南（一云東）郭寺水號北流泉老樹空庭得清渠一邑傳秋花危石底晚景臥鐘邊（一作前）俛仰悲身世溪風爲颯（一作蕭）然

傳道東柯谷深藏數十家（好句）對門藤蓋瓦映竹水穿沙瘦地翻宜粟陽坡可種瓜船人近相報但恐失桃花

萬古仇池穴潛通小有天神魚人不見福地語眞傳

近接西南境，長懷十九泉。何時（一作當）一茅屋，送老白雲邊。

未暇泛滄海，悠悠兵馬間。（妙）塞門風落木，（一云塞風寒落木）客舍雨連山。（妙句）阮籍行多興，龐公隱不還。東柯遂疎懶，（一云放）休鑷鬢毛斑。

東柯好崖谷，不與衆峯羣。落日邀雙鳥，晴天養（一作卷）片雲。（句工而陋亦近俗）野人矜（一作吟）險絕，水竹會平分。（絕妙）採藥吾將老，兒童未遺聞。

邊秋陰易久（一作夕）不復辨晨光簷雨亂淋幔山雲低度墻鸛鵒窺淺井蚯蚓上深（一作高）堂車馬何蕭索門前百草長

地僻秋將盡山高客未歸塞雲多斷續邊日少光輝警急烽常報傳聞（一作聲）檄屢飛西戎外甥國何得迕（一作近）天威

鳳林戈未息魚海路常難候火雲烽（一作峯）峻懸軍幕（一作暮）井乾風連西極動月過北庭寒故老思飛將何

三四皆佳然句雅而下句陋此難辨也五六皆古然上句淺而下句深此亦難辨

時人一作議築壇 地僻風林二首皆憂民苦也

唐堯眞自聖野老復何知曬藥能無婦應門幸一作亦有兒藏書聞禹穴讀記憶一作悟仇池爲報鴛行舊鷦鷯在一枝 是廿首結意雜詩章法如是

月夜憶舍弟 升菴云白江淹別賦明月白露一句分作兩句剪裁之妙發揮之深眞盜白狐裘手也

戍鼓斷人行秋邊一作邊秋一雁聲露從今夜白月是故鄉明有弟皆分散一作羈旅無家問死生寄書長不避作奘達況乃未休兵

宿贊公房（京中大雲寺主謫此安置）

杖錫何來此（一作久）秋風已颯然雨荒深院菊霜倒半池蓮放逐寧違（一作久）性虛空不離禪相逢成夜宿隴月向八圓

東樓

萬里流沙道西征（一云行一云征西）過北（一作此）門但添新戰骨不返舊征魂（一云但添征戰骨不返死生魂）樓角凌風迥城陰帶水（一作雨）昏傳聲看驛使送節向河源

是何故也

制如王制古之制制挺以撻秦楚有制之師之制

雨晴一云秋霽

天水一云秋一云際秋雲薄從西萬里風今朝好晴景久雨不妨農寒一云岸柳行疎翠山梨結小紅胡笳樓上發一雁入高空寫景疎散

寓目

一縣蒲萄熟秋山苜蓿多關雲常帶雨塞水不成河羌女輕一作搖烽燧胡兒制一作掣駱駝自傷遲暮眼喪亂飽經過蒲桃苜蓿羌女胡兒皆亂後光景

山寺

野寺殘僧少山園細路高麝香眠石竹鸚鵡啄金桃亂石（一作水）通人過懸崖置屋牢上方重閣晚百里見秋毫（一作纖）

即事

聞道花門破（不成語）和親事却非人憐漢公主生得渡河歸秋思拋雲髻（一作鬟）腰支勝（一作臏）寶衣羣凶猶索戰迴首意多違

通篇用語工若特甚

遣懷

語苦而少興致

愁眼看霜露寒城菊自花天風隨斷柳客淚墮清（一作晴）笳水淨樓（一作城）陰直山昏塞日斜夜來歸鳥盡啼殺後棲鴉

結本不佳若以為比喻則更淺

天河

好

常時任顯晦秋至輒（一作最）分明縱被微雲掩終能（一作當一云輸）永夜清含星動雙闕伴月落邊城牛女年年渡何曾風浪生

語不工而自有意致

甚爲麗逸

佳句

◎

全篇不好

初月

光細一云常時弦豈刊作初陳作欲上影斜輪未安微升古塞一作堞外已隱暮雲端河漢不改色關山空自寒庭前有白露暗滿菊花團英華作欄

歸鸞

無故

不獨避霜雪其如儔侶稀四時無失序八月自知歸淺

欠通

春色豈相訪一作換衆雛還識機好故巢儻未毀會傍主人飛

妙之又妙

起語清遠特甚

漢書朱買臣傳故妻與夫家俱上家故字是

擣衣

亦知戍不返秋至拭清砧已近苦一作暮寒月况經一作驚長別心寧辭擣熨一作衣倦一寄塞垣深用盡閨中力君聽空外音

全首清真

促織

促織以下六首皆咏物體也自是大家數不至墮落然已非工部至處可見咏物之難

促織甚微細哀音一作聲何動人草根吟一作泠不穩牀下夜相親久客得無淚放一作故妻難及晨悲絲一云絃與急管感激異天眞

螢火

幸因腐草出敢近太陽飛未足臨書卷時能點客衣隨風隔幔小帶雨傍林微十月清霜重飄零何處歸

蒹葭 何句太切 與下首頗類夔州後作

摧折不自守一云與 秋風吹若何暫時花戴一作載 雪幾處一作墮水 葉沈波體弱春甲一云風一云苗 早叢長夜露多江湖後搖落亦一云只 恐歲蹉跎

苦竹

青冥亦自守。軟弱強扶持。味苦夏蟲避。叢卑春鳥疑。軒墀曾不重。剪伐欲一云亦無辭。幸近幽人屋。霜根結在茲。

除架

束薪已零落。瓠葉轉一作卷蕭一作相疎。幸結白花了。寧辭青蔓除。秋蟲聲不去。暮雀意何如。寒事今牢落。人生亦有初。

廢畦

秋蔬擁霜露豈敢惜凋殘暮景數枝葉天風吹汝寒綠沾泥滓盡香與歲時闌生意春如昨悲君白玉盤

夕烽

夕烽來不近一作止每日報平安一云夕烽明照灼了了報平安塞上傳光一云聲小雲邊落一云數點殘照秦通警急過隴自艱難一云欲銷仍再滅烟迴不勝寒聞道蓬萊殿千門立馬看一云恐照蓬萊殿城中幾道看

秋笛

淸商欲盡奏奏苦血霑衣他日傷心極征人白骨歸何況

相逢恐恨過故作發聲微不見秋雲動悲風稍稍飛

送遠

情之悲也

劉云結兩句兩意別離則昨日矣往往古人亦如我自怪其

帶甲滿天地胡爲君遠行親朋盡一哭鞍馬去孤城

一幅出塞圖

看他一氣轉摺

草木歲月晚關河霜雪淸別離已昨日因見古人情

觀兵

北庭送壯士貔虎數尤多精銳舊無敵邊隅今若何

都不明徹可笑

又可評

妖氛擁白馬元帥待琱戈莫守鄴城下斬鯨遼海波

如此詩可以懷李

古風奧義

不歸

河間尚征（一作戰）伇汝骨在空城從弟人皆有終身恨不平數金憐俊邁總角愛聰明面上三年上春（一作秋）風草（一作吹）又生

結語痛心

天末懷李白

涼風起天末君子意如何鴻雁幾時到江湖秋水多文章憎命達魑魅喜人過應共冤魂語投詩贈汨羅

獨立

有結句則全篇亦不爲蠢而別有一段體況矣

鹵莽猶言草略也

空外一鷙鳥河間雙白鷗飄飆搏擊便容易往來遊

草露亦多濕蛛絲仍未收天機近人事獨立萬端憂（不必定有所指）

日暮

日落風亦起城頭烏（晉作烏）尾訛黃雲高未動白水已揚波羌婦語還哭胡兒行且歌將軍別換馬（一云換駿馬）夜出擁琱戈

空囊

翠柏苦猶食晨（一云明）霞高（一云朝）可餐世人共鹵莽吾（不通）

比

道屬艱難不爨井晨凍無衣牀夜寒囊空恐羞澀留得一錢看

病馬

乘爾亦已久天寒關塞深塵中老盡力歲晚病傷心（此語自好）毛骨豈殊衆馴良猶至今物微意不淺感動一沉吟

蕃劍

致（一云至）此自僻遠又非珠玉裝（無故）如何有奇怪每夜吐光芒虎氣必騰趠（一作上）龍身寧久藏風塵苦未息持

樂府之調高甚
於律未爲稱也

汝奉明王 精悍踔厲氣格蒼然

銅瓶

亂後碧井廢時淸瑤殿深銅瓶未失水百丈有哀音

側想美人意應非（一作悲）寒甃沈蛟龍半缺落猶得折

黃金

觀安西兵過赴關中待命二首

四（一云西）鎮富精銳摧鋒皆絕倫還聞獻（一作就）士卒足 無故

以靜風塵老馬夜知道蒼鷹饑（一作秋）著人臨危經久

◎

豈不用意終不佳

奇妙不可名言

戰用急（一作意）始（一作使）如神（急字妙兵法所謂巧遲不如拙速也俗本作意字悞）奇兵不在衆萬馬救中原談笑無河北心肝奉至尊孤雲隨殺氣飛鳥避轅門竟日留歡樂（一作觀樂）城池未覺喧（軍令具見）

送人從軍

弱水應無地陽關已近天今君渡沙磧累月斷人烟（四句作一氣讀）好武寧論命封侯不計年馬寒防失道雪沒錦鞍韉

野望

既如此結便不宜用竹林字此詩家忌也

清秋望不極，迢遞起曾陰。遠水兼天淨，孤城隱霧深。葉稀風更落，山迥日初沉。獨鶴歸何晚，昏鴉已滿林。

好　似有托喻

示姪佐 佐草堂在東柯谷

多病秋風落，君來慰眼前。自聞茅屋趣，只想竹林眠。滿谷山雲起，侵籬澗水懸。嗣一云阮宗諸子姪，早覺仲容賢。

如何解卻妙　不成語

佐還山後寄三首

山晚浮一作黃雲合，歸時恐路迷。澗寒人欲到，村黑鳥

何說

乞粗餘楳

應棲野客莘茨小田家樹木低舊諳疏懶叔須汝故相攜

白露黃粱熟分張素有期已應春得細頗覺寄來遲味豈同金（一作甘）菊香宜配綠葵老人佗日愛正想滑流匙

幾道泉澆圃交橫落慢（或作幔）坡葳蕤秋葉少（一作小 一作菜）（色）隱映野雲多隔沼連香芰通林帶女蘿甚聞霜薤白重惠（一云薦）意如何

從人覓小胡孫許寄

人說南州路山猿樹樹懸舉家聞若駭（一云共嬰）爲寄小如拳預哂愁胡面初（一作何）調見馬鞭許求聰慧者童稚捧應顛（宋劉昌詩浦筆云合移童稚云云作第四句却於許求句下云爲寄小如拳則意義渾全亦成對偶）

秋日阮（一作陳）隱居致薤三十束

隱者柴門（一作荆）內畦蔬繞舍秋盈筐承露薤不待致書求束比青蒭色圓齊玉筯頭衰年關鬲冷味煖併（一作腹）無憂

用筆押韻俱極苦心不無費心

秦州見勅（一云除）目薛三璩（當刊作據）授司議郎畢四曜除監察與二子有故遠喜遷官兼述索居凡三十韻

大雅何寥闊（一作廓）斯人尚典刑交期余潦倒材力爾精靈二子聲同日諸生困一經文章開突（一作窔烏弔切）奧（一云隩）遷擢潤朝廷舊好何由展新詩更憶聽別來頭併白相見眼終青伊昔貧皆甚同憂心（一作歲）不寗栖遑分半菽浩蕩逐流萍俗態猶猜忌（一作忍）妖氛忽（一作

遂杳冥獨慙投漢閣俱(一作但)議哭秦庭還蜀祗無補

囚梁亦固扃華夷相混合宇宙一羶腥帝力收三統

天威總四溟舊都俄望幸清廟肅惟馨雜種雖(一作難)

高壘(一作壁)長驅甚建瓴焚香淑景殿漲水望雲亭法

駕初還日羣公若會星宮臣仍點染柱史正零丁官

忝趨棲鳳朝迴歎(一作欲)聚螢喚人看騕褭不嫁惜娉

婷掘劍知埋獄提刀見發硎侏儒應共飽漁父忌偏

醒旅泊窮清渭長吟望濁涇羽書還似急烽火未全

停師老資殘寇戎生及近坰忠臣辭憤激烈士涕飄零上（一云小）將盈邊鄙元勳溢鼎銘仰思調玉燭誰定（重出）握（一作捽）（結不工）青萍隴俗輕鸚鵡原情類鶺鴒秋風動關塞高臥想儀形

寄彭州高三十五使君適虢州岑二十七長史參三十韻（時患瘧病）

故（一作古）人何寂寞今我獨淒涼老去才難（一作雖）盡秋來興甚長物情尤可見辭客未能忘海內知名士雲

此詩實有此境地他人不能到

端各異方高岑殊緩步沈鮑得同樊作周行意愜關飛
動篇終接混茫舉天悲富駱近代惜盧王似爾官仍
貴前賢命可傷諸侯非棄擲半刺已翺翔詩好幾時
見書成無信一作使將男兒行處是客子鬬一作間身強
羈旅推賢聖沈綿抵咎殃三年猶瘧疾一鬼不一作未
銷亡隔日搜脂髓增寒抱雪霜徒然潛隙地有靦屢
鮮粧何太龍鍾極于今出處妨無錢居帝里盡室在（不成句）
邊疆劉表雖遺恨龐公至死藏心微傍魚鳥肉瘦怯

豺狼隴草蕭蕭白洮雲片片黄彭門一作天彭劍閣外虢畧鼎湖旁荆玉簪頭冷巴牋染翰光烏麻蒸續曬丹橘露應嘗豈異神仙宅俱兼山水鄉竹齋燒藥竈花嶼讀書牀更得清新否遥知對屬忙舊官寧改漢淳俗本歸一云不離唐濟世宜公等安貧亦士常蚩尤終戮辱胡羯漫猖狂會待祅氛靜一云滅論文暫裹糧

寄岳州賈司馬六丈巴州嚴八使君兩閣老五十韻

多多益善此偶得之

排律長篇前此未有此爲老杜創格鋪敘勻稱波瀾老成要是不可及

衡岳啼猿裏巴州鳥道邊故人俱不利一作別謫宦兩悠悠一作茫茫然開闢乾坤正一作大榮枯雨露偏長沙才子遠釣瀨客星懸憶昨趨行殿殷憂捧御筵討胡愁李廣奉使待張騫無復雲臺仗虛修水戰船蒼茫城七十流落劒三千畫角吹一作歛秦晉一作塞旄頭俯澗瀍小儒輕董卓有識笑苻堅浪作禽填海那將血射天萬方思助順一鼓氣無前陰散陳倉北晴熏太白巓亂麻屍積衛破竹勢臨燕法駕還雙闕王師下八川

此時霑奉引佳氣拂周旋貔虎開金甲（刊作匣）麒麟受〔工麗又古雅〕
玉鞭侍臣諳入仗廐馬解登仙花動朱樓雪城凝碧〔可悲可喜情態俱至〕
樹烟衣冠心慘愴故老淚潺湲哭廟悲風急朝正露
景鮮月分〔亦好〕梁漢米春得（刊作給）水衡錢內蘂繁于纈宮
莎（刊作花）軟勝綿恩榮同拜手出入（一作處）最隨肩晚著
華堂醉寒重繡被眠轡齊兼秉燭書枉滿懷牋每覺
昇元輔深期列大賢秉鈞方咫尺鎩翮再聯翩禁掖
朋從改（一作換）微班性命全青蒲甘受（一作就）戮白髮竟

誰憐弟子貧原憲諸生老伏（當作服）虔師資謙未達鄉黨敬何（一作推）先舊好腸堪斷新愁（一作秋）眼欲穿翠乾危棧竹紅膩小湖（一作池）蓮賈筆論孤憤嚴詩賦幾篇定知深意苦（一作好）莫使衆人傳貝錦無停織朱絲有斷絃浦鷗防碎首霜鶻不空拳地僻昏炎瘴山稠隘石泉且將棊度日應用酒爲年典郡終微眇治中實棄捐安排求傲吏比興展歸田去去才難得蒼蒼理又玄古人稱逝矣吾道卜終焉隴外翻投跡漁陽復

孩語壯語時出使人爽然

控弦笑爲妻子累甘與歲時遷親故行稀少兵戈動接聯他鄉饒夢寐失侶自迍邅多病加一作成淹泊長吟阻靜便如公盡雄俊志在必騰騫一云公如盡憂患何事有陶甄

樊云如公盡雄俊何事負陶甄

寄張十二山人彪三十韻

獨臥嵩陽一作張客三違潁水春艱難隨老母慘澹向時人謝氏尋山屐陶公漉酒巾羣兒彌宇宙此物在風塵歷下辭姜被關西得孟鄰早通交契密晚接道

流新靜者心多妙（一云好）先生藝絶倫草書何太苦（一云苦應甚）詩興不無神曹植休前輩張芝更後身數篇吟可老一字買堪貧將恐曾防寇深潛（一作情）託所親寧聞倚門夕盡力潔飧晨疎懶爲名誤驅馳喪我眞索居猶（一作尤）寂寞相遇益悲（一作後吳作愁）辛流轉（一云轉徙）依邊微逢迎念席珍時來故舊少亂後別離頻世祖修高廟文公賞從臣商山猶入楚渭水不離（一作知）秦（刊作端水不流秦）存想靑龍秘騎行白鹿馴耕巖非谷口結草即

兵分權散餘孽雖除相州九節度之潰猶正坐此杜老實有深識非儒生語

亦猶人耳

一作欲河濱肘後符應驗囊中藥未陳旅一作旅懷殊不愜艮覷渺無因自古皆悲恨浮生有屈伸此邦今一作全尚武何處且依仁鼓角淩天籟關山信樊作倚月輪官塢一作塚羅鎮一作錦磧賊火近洮岷蕭瑟論兵一作功地蒼茫鬬將辰大軍多處所餘孽尚紛綸高興知籠鳥斯文起一作豈獲麟窮秋正搖落廻首望松一作湘筠

寄李十二白十二韻

昔年有狂客號爾謫仙人筆落驚一作聞風雨詩成泣

近俗是太白墳[illegible]

鋪敘因遇榮絕不是家數也○幾乎來不得可怪

鬼神聲名從此大汨沒一朝伸文彩承殊渥流傳必絕倫龍舟移棹晚獸錦奪袍新白日來深殿青雲滿後塵乞歸優詔許遇我宿心親未負一作遂幽棲志兼全寵辱身劇一作戲談憐野逸嗜酒見天眞醉舞梁園夜行歌泗水春才高心不展道屈善無鄰處士禰衡俊諸生原憲貧稻粱求未足薏苡謗何頻五嶺炎蒸地三危放逐臣幾年遭鵩鳥獨泣一作立向麒麟一云不獨泣麒麟蘇武先還漢黃公豈事秦楚筵辭醴日梁獄上

書辰已用當時法誰將此義一作議陳老吟秋月下病

起暮江濱莫怪恩波隔乘槎與一作得問津

杜工部集卷十終

十一 十二

杜工部集 卷十一 十二

杜工部集卷十　目錄

近體詩一百四首

蜀相
卜居
一室
梅雨
爲農
有客

狂夫
賓至
王十五司馬弟出郭相訪兼遺營茅屋貲
堂成
田舍
進艇
西郊
所思

江村
江漲
野老
雲山
遣興
北鄰
南鄰
出郭

過南鄰朱山人水亭
恨別
寄賀蘭銛
寄楊五桂州
逢唐興劉主簿弟
和裴迪登新津寺寄王侍郎
敬簡王明府
重簡王明府

建都十二韻
歲暮
和裴廸登蜀州東亭送客逢早梅見寄
寄贈王十將軍承俊
暮登西安寺鐘樓
散愁二首
奉酬李都督早春作
客至

遣意二首
漫成二首
春夜喜雨
春水
春水生二絶
江亭
村夜
早起

可惜
落日
獨酌
徐步
寒食
高柟
惡樹
石鏡

琴臺
聞斛斯六官未歸
遊修覺寺
後遊
題新津北橋樓
江漲
晚晴
朝雨

江上値水如海勢聊短述
送裴五赴東川
赴青城縣出成都寄陶王二少尹
因崔五侍御寄高彭州一絶
野望因過常少仙
寄杜位
奉簡高三十五使君
送韓十四江東覲省

贈杜二拾遺 高適

酬高使君相贈

草堂卽事

魏侍御就弊廬相別

徐九少尹見過

范員外吳侍御枉駕

王侍御攜酒至草堂便請邀高使君同到

王竟攜酒高亦同過

陪李司馬皁江上二首
李司馬橋了
少年行二首
野人送朱櫻
即事
贈花卿
少年行
觀李固請司馬第山水圖三首

題桃樹
蕭八明府隄處覓桃栽
從韋二明府續處覓綿竹
憑何十一少府邕覓榿木栽
憑韋少府班覓松樹子
又於韋處乞大邑瓷盌
詣徐卿覓果栽
贈別何邕

贈別鄭錬赴襄陽

重贈鄭絶句

杜工部集卷十一目錄終

牢壯渾動此爲七律正鋒

劉云一字一淚

杜工部集卷十一

近體詩一百四首此下在城都作

蜀相

丞相祠堂何處尋錦官城外栢森森映堦碧草自春色隔葉黃鸝空一作多好音三顧頻煩吳作繁天下計兩朝開濟老臣心出師未捷一作用身先死長使英雄淚滿襟

鈍滯

卜居

浣花流一作之水水西頭主人爲卜林塘幽已知出郭少塵事更有澄江銷客愁無數蜻蜓齊上下一雙鸂鶒對沉浮東行萬里堪乘興須向山陰上小舟

一室

一室他鄉遠一作老空林暮景懸正愁聞塞笛獨立見江船巴蜀來多病荆蠻去幾年一云千應同王粲宅留井峴山前

梅雨

可惜後四句不稱

圓荷一聯尙不傷纖與何蜂行蟻芹泥花蕊有別細玩自知

南京西一作犀浦道四月熟黃梅湛湛一作騐騐長江去冥

冥細雨來茅茨疎易濕雲霧密難開竟日蛟龍喜盤

渦與岸迴

自好　典贍

爲農

錦里煙塵外江村八九家圓荷浮小葉細麥落一作墮

輕花卜宅從茲老爲農去國賒遠慚勾漏令不得問

丹砂

學此種便是村學究語

有客草堂本作賓至

有客老狂夫蕭散各是一種風格

作聲價却有致

幽棲地僻經過少老病人扶再拜難豈有文章驚海內漫勞車馬駐江干竟日淹留佳客坐百年麤糲腐儒餐不嫌野外無供給乘興還來看藥欄

不可無此風

狂夫

萬里橋西一（一云新）草堂百花潭水即滄浪風含翠篠娟娟靜雨裛紅蕖冉冉香厚祿故人書斷絕恒飢稚子色淒凉欲填溝壑唯疏放自笑狂夫老更狂

賓至（草堂本作有客）

比也

患氣經時久臨江卜宅新喧卑方避俗疎快頗宜人
有客過茅宇呼兒正葛巾自鋤稀菜甲小摘爲情親

王十五司馬弟出郭相訪兼遺營茅屋貲

客裏何遷次江邊正寂寥肯來尋一老愁破是今朝
憂我營茅棟攜錢過野橋他鄉唯表弟還往莫辭遙

全不成詩

堂成

背郭堂成蔭白茅緣江路熟俯青郊榿林礙日吟風
葉籠竹和煙滴露梢暫止下一作飛鳥將數子頻來語

鶯定新巢旁人錯比揚雄宅懶惰一作慢無心作解嘲

田舍

田舍清江曲一作上柴門古道旁草深迷市井地僻懶衣裳櫸唐顧陶作楊柳枝枝弱枇杷樹樹顧陶作對對香鸕鷀西日照曬翅滿魚梁

進艇

南京久客耕南畝北望傷神坐一作卧北窗晝引老妻乘小艇晴看稚子浴清江俱飛蛺蝶元相逐竝蔕芙

豪傑超麗而又有韻

蓉本自雙茗飲蔗漿攜所有瓷甖無謝玉爲缸

西郊

時出碧雞坊西郊向草堂市橋官柳細江路晉作岸野

梅香傍架齊書帙看題減晉作撿藥囊無人覺一云競一云與

來往踈懶意何長

所思

老氣

苦憶荆州醉司馬崔吏部漪謫官一云居樽俎一云酒定常開

九江日落醒何處一柱觀頭眠幾回可憐懷抱向人

盡欲問平安無使來故憑錦水將雙淚好過瞿塘灩澦堆

江村

清江一曲抱村流長夏江村事事幽自去自來（一作歸）堂上燕相親相近水中鷗老妻畫紙爲（一作成）碁局稚子敲針作釣鉤多病所須唯藥物（一云但有故人供祿米供樊作分）微軀此外更何（一作無）求

江漲

江漲柴門外兒童報急流下牀高數尺倚杖沒中洲細動迎風燕輕搖逐浪鷗漁人縈小楫容易拔（一作㧞）船頭

野老

野老籬前（一作邊）江岸迴柴門不正逐江開漁人網集澄潭下賈客船隨返照來長路關心悲劍閣片雲何意（一作事又云行雲幾處）傍琴臺王師未報收東郡城闕秋生畫角哀（兩京同南都得云城闕也）

若非一結全首味淺

唐人無此等律惟杜有之須思乃巧也

雲山

京洛雲山外音書靜不來神交作賦客力盡望鄉臺衰疾江邊臥親朋日暮迴白鷗元水宿何事有餘哀

遣興

干戈猶未定弟妹各何之拭淚霑襟巾一作血梳頭滿面絲地卑荒野大天遠暮江遲衰疾那能久應無見汝時期一云

情事颯然

北鄰

明府豈辭滿藏身方告勞青錢買野竹白幘岸江皋愛酒晉山簡能詩何水曹時來訪老疾步屧到蓬蒿

南鄰

錦里先生烏角巾園收芋粟一云栗不全貧慣看賓客一云門戶兒童喜得食階除鳥雀馴秋水纔深一云池雖四五尺野航魯直作艇恰受兩三人白沙翠竹江村一作山暮一作路相對一作送柴門一作籬南月色新

出郭

頷聯即望中景

霜露晚凄凄高天逐望低遠煙鹽井上斜景雪峯西故國猶兵馬他鄉亦一云正鼓鼙江城今夜客還與舊烏啼

過南鄰朱山人水亭

別致 幽意

相近竹參差相過人不知幽花欹滿樹小水細通池歸客村非遠殘樽席更移看君多道氣從此數追隨

真率深雅

格老氣蒼律家上乘

恨別

上句猶可此句便不可觀佳

洛城一別四一云三千里胡騎長驅五六一云六七年草木變衰

結構圓密情致自深

行劒外兵戈阻絶老江邊思家步月淸宵立憶弟看（終於情景不[illegible]）

（也）

雲白日眠（好句）聞道河陽近乘勝司徒急爲破幽燕（結句富有注）

寄賀蘭銛

朝野歡娛後乾坤震靜中相隨萬里日總作白頭翁

歲晚仍分袂江邊更轉蓬勿云俱異域飲啄幾回同

寄楊五桂州譚（因州參軍段子之任）

（遠）

五嶺皆炎熱宜人獨桂林梅花萬里外雪片一冬深

聞此寬相憶爲邦復好音江邊送孫楚遠附白頭吟

亦自拙朴不同常調然非佳章也

逢唐興劉主簿弟

分手開元末，連年絶尺書。江山且相見，戎馬未安居。（他人不作此怪）㸦外官人冷，關中驛騎疎。輕舟下吳會，主簿意何如。

和裴廸登新津寺寄王侍郎（王時牧蜀）

何限（恨一作）倚山木，吟詩秋葉黄。蟬聲集古寺，鳥影度寒塘。（實無意味不得謂之自然拙惡太甚）風物悲遊子，登臨憶侍郎。老夫貪佛（一云賞一云費）日，隨意宿僧房。

敬簡王明府

如此作詩安得無鄭少谷接後塵耶

葉縣郎官宰周南太史公神仙才有數流落意無窮驥病思偏秣鷹愁一作秋怕苦籠看君用高義耻與萬人同

何語

重簡王明府

甲子西南異冬來只薄寒江雲何夜盡一作靜蜀雨幾時乾行李須相問窮愁豈有自一云寬君聽鴻雁響恐致稻粱難

真無味

建都十二韻

都無些聱響可誦

公意謂建都非本計也

蒼生未蘇息胡馬半乾坤議在雲臺上誰扶黃屋尊
建都分魏闕下詔闢荆門恐失東人望其如西極存
時危當雪恥計大豈輕論雖倚三階正終愁萬國翻
牽裾恨不死漏網辱殊恩永負漢庭哭遥憐湘水魂
窮冬客江劍（一云劍外）隨事有田園風斷靑蒲節霜埋翠
竹根衣冠空穰穰關輔久（一云遠）昏昏願枉（一云唯駐一云願駐）
長安日光輝照北原

歲暮

歲暮遠爲客，邊隅還用兵。煙塵犯雪嶺，鼓角動江城。天地日流血，朝廷誰請纓。濟時敢愛死，寂寞壯心驚。

和裴廸登蜀州東亭送客逢早梅相憶見寄

東閣官梅動詩興，還如何遜在揚州。此時對雪遙相憶，送客逢春（一作花）可（一作樊，一作更）自由。幸不折來傷歲暮，若爲看去亂鄉（一作春）愁。江邊一樹垂垂發，朝夕催人自白頭。

寄贈王十將軍承俊

亦自雄俊

末路憐

不至蜀不知二語之確

將軍膽氣雄臂懸兩角弓纏結青驄馬出入錦城中
時危未授鉞勢屈難爲功賓客滿堂上何人高義同

暮登四西一云安寺鐘樓寄裴十迪

暮倚高樓對雪峯僧來不語自鳴鐘孤城返照紅將
斂近市浮煙翠且重多病獨愁常闃寂故人相見未
從容知君苦思緣詩瘦大太一云向交游萬事慵

散愁二首

久客宜旋旆興王未息戈蜀星陰見少江雨夜聞多

題是酬李來詩何疑時字當誤

百萬傳深入寰區望匪它司徒光弼下燕趙收取舊山河

聞道并州鎮尚書王思禮訓士齊幾時通薊北當日報關西戀闕丹心破霑衣皓首啼老魂招不得歸路恐長迷

奉酬李都督表丈早春作

力疾坐淸曉來時一云詩律髓云朵詩悲早春轉添愁伴客更覺老隨人荆作身紅入桃花嫩青歸柳葉新望鄉應未

殊不可人

超脫有眞趣

已四海尚風塵

客至喜崔明府相過

舍南舍北皆春水但見有一作羣鷗日日來花徑不曾緣客掃蓬門今始爲君開盤飧市遠無兼味樽酒家貧只舊醅肯與鄰翁相對飲隔籬呼取盡餘盃

遣意二首

囀枝黃鳥近泛渚白鷗輕一逕野花落孤村春水生

冲容閒適杜公如此絕少唇

衰年催釀黍細雨更夜一作移橙漸喜交游絕幽居不

入杜往往爲此

用名

簷影微微落津流脉脉斜野船（一作松）明細火宿雁聚圓（一作寒）沙雲掩初弦月香傳小樹花鄰人有美酒稚子夜（一作也）能賒

漫成二首

野日荒荒（一作野月茫茫）白春（一云江）流泯泯清渚蒲隨地有村逕逐門成只作披衣慣常從漉酒生眼邊無俗物多病也身輕（俗物之可厭如是為之啞然）

十字咏夜雨入神

江皋已仲春花下復清晨仰面貪看鳥回頭錯應人

（妙甚）（全是眞趣）

讀書難字過對酒滿壺頻近識峨眉老東山隱者知予懶是眞

春夜喜雨

好雨知時節當春乃一云及發生隨風潛入夜潤物細無聲野徑雲俱黑江船火獨明曉看紅濕處花重錦官城

（昔人以此語爲相業）（亦是訓詁之見）（宛得風味）

升庵云紅濕二字非海棠不足以當之

春水

絶句別致自老

三月桃花浪水一云江流復舊痕朝來沒沙尾岸一云碧

色動柴門接縷垂芳餌連筒灌小園已添無數鳥爭

浴故相喧英華云不知無數鳥何意更相喧

春水生二絕

二月六日春水生門前小灘籬一云渾欲平鸕鷀鸂鶒

莫漫喜吾與汝曹俱眼明

一夜水高二尺強數日不可更禁當南市津頭有船

賣無錢即買繫籬旁

張子韶以爲水流一聯比淵明雲無心而出岫二句更渾淪余以爲語不超脫開宋人理障一派高明當辨之

江亭

坦腹江亭暖長吟野望時水流心不競雲在意俱遲寂寂春將晚欣欣物自私故林歸未得排悶強裁詩

草堂本一云江東猶苦戰回首一顰眉

村夜

蕭蕭風色暮樊作風色蕭蕭暮江頭人不行村春雨外急鄰火夜深明胡羯何多難漁樵寄此生中原有兄弟萬里正含情

全首平調不應獨句首句樊本是

不刻不急趣況獨深

起奇

三篇貨全首佳妙無字句之憾朴得妙

早起

春來常早起，幽事頗相關。帖石防隤岸，開林出遠山。一丘藏曲折，緩步有躋攀。童僕來城市，瓶中得酒還。

可惜

花飛有底急，老去願春遲。可惜歡娛地，都非少壯時。寬心應是酒，遣興莫過詩。此意陶潛解，吾生後汝期。

落日

落日在簾鉤，溪邊春事幽。芳菲緣岸圃，樵爨倚灘舟。

仰蜂行蟻花蘂芹泥杜集中此

雅妙

啅雀爭枝墜飛蟲滿院遊濁醪誰造汝一酌（一云酌罷）散千憂（一云一酌罷人憂）（小小點綴佳）

結逕須唐

獨酌

步屧（一作履一作倚杖）深林晚開樽獨酌遲仰蜂粘落絮（一作蘂）行（戶郎切）蟻上枯梨薄劣慚眞隱幽偏得自怡本無軒冕意不是傲當時

徐步

整履（一作屐晉作屣）步青蕪荒庭日欲晡芹泥隨燕觜花蘂

摘句法不必效學之易墮小家惡境

閙字可笑

一作蘂粉上蜂鬚把酒從衣濕吟詩信杖扶敢論才見忌
實有醉如愚

寒食

寒食江村路一作樹風花高下飛汀煙輕冉冉竹日淨
暉暉田父一云舍要皆去鄰家閙晉作問不違地偏相識一作失
盡雞犬亦忘歸一作機

高柟

柟樹色冥冥江邊一蓋青近根開藥圃接葉製茅亭

落景陰猶合，微風韻可聽。尋常絶醉困，卧此片時醒。

惡樹

獨遶虛齋徑，常持小斧柯。幽陰成頗雜，惡木剪還多。枸杞因（一作固）吾有，雞棲奈汝何。方知不材者（一作木），生長漫婆娑。

石鏡

蜀王將此鏡，送死置空山。冥寞憐香骨，提攜近玉顏。衆妃無復歎，千騎亦虛還。獨有傷心石，埋輪月宇間。

琴臺

茂陵多病後尚愛卓文君酒肆人間世琴臺日暮雲
野花留寶靨蔓草見羅裙歸鳳求皇意寥寥不復聞

聞斛斯六官未歸

故人南郡去去索作碑錢本賣文爲活翻令室倒懸
荆扉深蔓草土銼冷疎煙老罷休無賴歸來省醉眠

遊脩覺寺

野寺江天豁山扉花竹幽詩應有神助吾得及春遊

題是後遊新寺 昔解亦不佳

徑石相（深一云）縈帶川雲自（晚一云）去留禪枝宿衆鳥漂轉暮歸愁

後遊

寺憶新（曾一云）遊處橋憐再渡時江山如有待花柳更無私野潤煙光薄沙暄日色遲客愁全爲減捨此復何之

無甚意味　語近腐

須溪以爲有餘意余以爲不然二句佳

題新津北橋樓（得郊字）

望極春城上開筵近鳥巢白花簷外朶青柳檻前梢

池水觀爲政廚煙覺遠庖西川供客一作遠眼一云醉客唯
有一云偏愛此江郊

極意着力要作奇崛然終不佳

江漲

江發蠻夷漲山添雨雪流大聲吹地轉高浪蹴天浮
十字雄形亦易近麤
魚鼈爲人得蛟龍不自謀輕帆好去便吾道付滄洲

翻得異

晚晴

村晚驚風度庭幽過雨霑夕陽薰細草江色映疎簾
書亂誰能帙盃乾可自添時聞有餘論未怪老夫潛

題曰短述詩意亦易明不非難解近見中州一老生解此詩字黎麥爾眞在牛角中覓生活而老生自負頗堅不覺爲之捧腹

朝雨

涼氣晚一云曉蕭蕭江雲亂眼飄風鴛藏近渚雨鷰集深條黃綺終辭一作投漢巢由不見堯草堂樽酒在幸得過清朝一作宵

忽然入此亦不妥

娟娟

江上值一作置水如海勢聊短述

爲人性僻耽佳句語不驚人死不休老去詩篇渾漫與春來花鳥莫深愁新添水檻供垂鈞故著浮槎替入舟焉得思如陶謝手令渠述作與同遊

見此老苦心令人輕易作詩何也

不成語

乾坤二字慣用可笑

送裴五赴東川

故人亦流落，高義動乾坤。何日通燕塞，相看老蜀門。東行應暫別，北望苦銷魂。凜凜悲秋意，非君誰與論。

赴青城縣出成都寄陶王二少尹

老耻妻孥笑一云老被樊籠役，貧嗟出入勞。客情投異縣，詩態憶吾一作君曹。東郭滄江一云滄浪合，西山白雪高。文章差底病，迴首興滔滔。

因崔五侍御寄高彭州一絕

百年已過半，秋至轉饑寒。為問彭州牧，何時救急難？

野望因過常少仙

語雅而奇崛

野橋齊度馬，秋望轉悠哉。竹覆青城合，江從灌口來。入村樵徑引，嘗果栗皺（一作圓）開。落盡高天日，幽人未遣迴。

寄杜位（位京中宅近西曲江，詩尾有述）

近聞寛法離（一作別）新州，想見懷歸尚百憂。逐客雖皆萬里去，悲君已是十年流。干戈況復塵（一云行）隨眼，鬢

填滿七字耳

中雖皆已是況復遣塵太變

情景都到

髮還應雪白一云滿頭玉壘題書心緒亂何時更得曲江遊

奉簡高三十五使君

當代論才子如公復幾人驊騮開道路鷹隼出風塵行色秋將晚交情老更親天涯喜相見披豁對吾眞道一作吳若本作君恐誤

送韓十四江東覲省

兵戈不見老萊衣歎息人間萬事非我已無家尋弟

只是深情

妹君今何處訪庭闈黃牛峽靜灘聲轉一作急白馬江寒樹影稀此別應須各努力故鄉猶恐未同一作堪歸

贈杜二拾遺　　高適

傳道招提客詩書自討論佛香時入院僧飯屢過門聽法還應難尋經剩欲翻草元今已畢此外吳作後更何言

酬高使君相贈

古寺僧牢落空房客一作得寓居故人供祿米鄰舍與

園蔬雙樹容聽法三車肯載書草元吾豈敢賦或似一云比相如

草堂即事

荒村建子月獨樹老夫家霧一云雪裏江船渡風前逕竹斜寒魚依密藻宿鷺起圓沙蜀酒禁愁得無錢何處賒

魏十四侍御就敝廬相別

有客騎驄馬江邊問草堂遠尋留藥價惜別到一云倒

拙惡

文場八幕旌旗動歸軒錦繡香時應念衰疾書疏一作迹及滄浪

雖有蘊藉然不佳

徐九少尹見過

晚景孤村僻行軍數騎來交新徒有喜禮厚媿無才

拙

賞靜憐雲竹忘歸步月臺何當看花蘂欲發照江梅

范二員外邈吳十侍御郁特枉駕闕展待聊寄此

暫往比鄰去晉作至空聞二妙歸幽棲誠簡略衰白已

此與陶棲地僻金尚各此同一格調也雅俗逕庭此可悟選料法

光輝野外貧家遠村中好客稀論文或不媿情致藹然肯重欵柴扉如話

王十七侍御掄許攜酒至草堂奉寄此詩便請邀高三十五使君同到

老夫卧穩朝慵起白屋寒多暖始開江鸛一作鶴巧當幽徑浴鄰鷄還過短牆來苟且淺陋繡衣屢許攜家醖皁蓋能忘折野梅蓋霜威但用俗料亦不妨戲假霜威促山簡須成一醉一作醉裏習池迴

王竟攜酒高亦同過共用寒字

卧病荒郊遠逼行小徑難故人能領客攜酒重相看自媿無鮭一作蝦菜空煩卸馬鞍移時勸山簡頭白恐風寒高每云汝年幾不必小于我故此句戲之

陪李七司馬皁江上觀造竹橋即日成往來之人免冬寒入水聊題短作簡李公二首

伐竹爲橋結構同褰裳不涉往來通天寒白鶴歸華表日落青龍見水中顧我老非題柱客知君才是濟川功合歡考異作觀却笑千年事驅石何時到海東

前曠達後感慨皆言簡意盡

把燭成橋（一作橋成）夜迴舟坐客（一作客坐）時天高雲去盡江迴月來遲衰謝多扶病招邀屢有期異方乘此興樂罷不無悲

李司馬橋了承高使君自成都迴

向來江上手紛紛三日成功事出羣已傳童子騎青竹（一作馬）總擬橋東待使君

少年行二首

莫笑田家老瓦盆自從盛酒長（一作養）兒孫傾銀注瓦

宛轉低徊情致圓足

（再英華作玉辯證云當依古本）驚人眼共醉終同卧竹根巢鷰養（西溪叢語作引鶵）雛（英華作兒）渾去盡江花結子已（一作也）無多黃衫年少來宜（叢語作宜來）數不見堂前東逝波

野人送朱櫻

西蜀櫻桃也自紅野人相贈滿筠籠數迴細寫愁仍破萬顆勻圓訝許同憶昨賜霑門下省退朝擎出大明宮金盤玉筯無消息此日嘗新任轉蓬

即事

百寶裝腰帶眞珠絡臂韝笑時花近眼舞罷錦纏頭

贈花卿

錦城絲管日紛紛半入江風半入雲此曲秖應天上有（樂府作去）人間能得幾回聞

少年行

馬上（一云騎馬）誰家薄媚（一云白面）郎臨堦（英華作軒）下馬坐（一作踏）人牀不通姓字麤豪（一作疎）甚指點銀瓶索酒嘗（一云酒未嘗）

古樂府意

觀李固請司馬弟山水圖三首

簡易高人意（一云體）匡牀竹火爐寒天留遠客碧海挂新圖雖對連山好貪看絕島孤羣仙不愁思冉冉下蓬壺

方丈渾連水天台總映雲人間長見畫老去（一作身老）恨空聞范蠡舟偏小王喬鶴不羣此生隨萬物何路出塵氛

高浪垂飜屋崩崖欲壓牀野橋（一作樓）分子細沙岸繞

亦別詩非佳處老生讀此支費許多解說少陵真面目爲此盡汨沒矣

栖

微茫紅浸珊瑚短青懸薜荔長浮查並坐得一云相並坐仙老暫相將八句皆畫中景

題桃樹

小徑升堂舊不斜五株桃樹亦從遮高秋總餧一作餽貧人實來歲還舒滿眼花簾戶每宜通乳鷰兒童莫信打慈鴉寡妻羣盜非今日天下車書正一作已一家

蕭八明府隄一作實處覓桃栽

奉乞桃栽一百根春前爲送浣花村河陽縣裏雖無

數濯錦江邊（一作頭）未滿園

從韋二明府續處覓綿竹

華軒藹藹他年到綿竹亭亭出縣高江上舍前無此物幸分蒼翠拂波濤

憑何十一少府邕覓榿木栽

草堂塹西無樹林（一作木）非子誰復見幽心飽聞榿木三年大與致溪邊十畝陰

憑韋少府班覓松樹子

上數首皆無意味

落落出羣非櫸柳，青青不朽豈楊梅。欲存老蓋千年意，為覓霜根數寸栽。一云來

又于韋處乞大邑瓷盌

大邑燒瓷輕且堅，扣如哀一作寒玉錦城傳。君家白盌勝霜雪，急送茅齋也可憐。

詣徐卿覓果栽

草堂少花今欲栽，不問綠李與黃梅。石筍街中却歸去，果園坊裏為求來。

以上數絕句皆率筆

贈別何邕

生死論交地，何由見一人。悲君隨燕雀，薄宦走風塵。綿谷元通漢，沱江不向秦。五陵花滿眼，傳語故鄉春。

贈別鄭鍊赴襄陽

戎馬交馳際，柴門老病身。把君詩過日俗本作目，念此別驚神一云念別意驚神。地濶峨眉晚一云曉，晉作遠，天高峴首春。爲於耆舊內，試覓姓龐人。

重贈鄭鍊絕句

鄭子將行罷使臣囊無一物獻尊親江山路遠羈離
日裘馬誰爲感激人

杜工部集卷十一終

杜工部集卷十二目錄

近體詩一百二十八首

奉和嚴中丞西城晚眺詩十韻
嚴中丞枉駕見過
廣州段功曹到得楊長史書
得廣州張判官叔卿書使還以詩代意
送段功曹歸廣州
絶句漫興九首

江畔獨步尋花七絕
三絕句
戲爲六絕句
江頭五詠
　丁香
　麗春
　梔子
　鸂鶒

花鴨
畏人
遠遊
野望
官池春雁二首
水檻遣心二首
屏跡三首
寄題杜二錦江野亭嚴武

奉酬嚴公寄題野亭之作

中丞嚴公雨中垂寄見憶一絶奉答二絶

謝嚴中丞送乳酒

嚴公仲夏枉駕草堂

嚴公廳宴同詠蜀道畫圖

奉送嚴公入朝十韻

酬别杜二 嚴武

送嚴侍郎到綿州

奉濟驛重送嚴公四韻
巴西驛亭觀江漲呈竇使君
九日登梓州城
巴嶺荅杜二見憶 嚴武
九日奉寄嚴大夫
黃草
懷舊
所思

不見
題元武禪師屋壁
客夜
客亭
秋盡
陪王侍御宴通泉東山野亭
野望
聞官軍收河南河北

涪江泛舟送韋班歸京
春日梓州登樓二首
郪城西原送李判官武判官赴成都府
泛江送魏十八倉曹還京因寄岑中允范郎中
送路六侍御入朝
泛江送客
上牛頭寺
望牛頭寺

上兜率寺
望兜率寺
甘園
數陪李梓州泛江有女樂戲爲艷曲二首
登牛頭山亭子
陪四使君登惠義寺
送何侍御歸朝
江亭送眉州辛別駕

涪城縣香積寺官閣
戲題上漢中王三首
陪章留後宴南樓
臺上
送王十五判官扶侍還黔中
倦夜
悲秋
對雨

警急
王命
征夫
有感五首
送元二適江左
章梓州水亭
翫月呈漢中王
戲作寄上漢中王二首

投簡梓州幕府兼簡韋十郎官
登高
九日
遣憤
章梓州橘亭餞成都竇少尹
送陵州路使君赴任
薄暮
西山三首

薄遊
贈韋贊善別
送李卿曄
絶句
城上
舍弟占歸草堂

杜工部集卷十二目錄終

杜工部集卷十二

近體詩一百二十八首在城都及綿漢梓州作

奉和嚴中丞西城晚眺十韻

汲黯匡君切廉頗出將頻直詞才不世雄略動用作

如神政簡移風速詩清立意新層城臨暇媚一作景絕

域望餘春旗尾蛟龍會樓頭鷰雀馴地平江動蜀天

潤樹浮秦帝念深分閫軍須遠算縉花羅封蛺蝶瑞

錦送麒麟辭第輸高義觀圖憶古人征南多興緒事

業閒相親　格律老成

嚴中丞枉駕見過嚴自東川除西川勑合兩川都節制

元戎小隊出郊坰問柳尋花到野亭川合東西瞻使節地分南北任流一作孤萍扁舟不獨如張翰白一作早帽還應一作應兼似管寧寂寞一云今日江天雲霧裏何人道有少微星　塡滿七字耳

廣州段功曹到得楊五長史譚書功曹却歸聊寄此詩

數詩雖非警句意法穩稱要不作小家數

衛青開幕府，楊僕將樓船。漢節梅花外，春城海水邊。銅梁書遠及，珠浦使將旋。貧病他鄉老，煩君萬里傳。

得廣州張判官叔卿書使還以詩代意

鄉關胡騎遠（一作滿），宇宙蜀城偏。忽得炎州信，遙從月（一作人）峽傳。雲深驃騎幕，夜隔孝廉船。却寄雙愁眼，相思（一作望）淚點懸。

人是何語

送段功曹歸廣州

南海春天外，功曹幾月程（一云行）。峽雲籠樹小，湖日落

何謂

少陵七絕在盛唐諸公中獨創別調雖非正派自足風致

一作蕩船明交趾丹砂重韶州白葛輕幸君因旅一作估客時寄錦官城

絕句漫興九首

眼見一云前客愁愁不醒無賴春色到江亭即遣花開一作飛深一作從造次便覺一作教鶯語太丁寧

手種桃李非無主野老牆低還似一作是家恰似春風相入聲欺得夜來吹折數枝花

熟一作耐知晋作孰如茅齋絕低小江上鷰子故來頻銜泥

字字沉痛

亦未必有所指也

點污琴書內更接飛蟲打著人

二月已破三月來漸老逢春能幾迴莫思草堂作辭身外無窮事且盡生前有限杯

腸斷春江一云江春欲盡一作白頭杖藜徐步立芳洲顛狂柳絮隨風去輕薄桃花逐水流

懶慢無堪不出村呼兒日日當作白在掩柴門蒼苔濁酒林中靜碧水春風野外昏

糝徑楊花鋪白氈點溪荷葉疊一作累青錢一云鈿筍一作

稚子即新筍也

竹根稚（一作雉）子無人見沙上鳧雛傍母眠

舍西柔桑葉可拈江畔細麥復纖纖人生幾何春已

夏不放香醪如蜜甜

隔戶（一云戶外）楊柳弱嫋嫋恰似十五女兒腰誰謂朝來

不作意狂風挽斷最長條

江畔獨步尋花七絕句

江上被花惱不徹無處告訴只顛狂走覓南鄰愛酒

伴經旬出飲獨空牀（斛斯融吾酒徒）

讀七絕此老是何等風致

稠花亂蘂畏（一云裹）江濱行步欹危實（一云獨）怕春詩酒尚堪驅使在未須料理白頭人

江深竹靜兩三家多事紅花映白花報荅春光知有處應須美酒送生涯

東望少城花滿烟百花高樓更可憐誰能載酒開金盞（一作鎖）喚取佳人舞繡筵

黃師塔前江水東春光懶困倚微風桃花一簇開無主可愛深紅愛（一云映晋作與）淺紅

格調旣高風致又妙可空唐人矣

黃四娘家花滿溪千朵萬朵壓枝低留連戲蝶時時舞自在嬌鶯恰恰啼

不是愛花卽肯一作欲死一作不是看花卽索死只恐花盡老相催繁枝容易紛紛落嫩蘂一作蕋商量細細開

三絕句

楸樹馨香倚釣磯斬新花蘂未應飛不如醉裏風吹一云春風盡可一作何忍醒時雨打稀老人情語

門外鸕鶿去一作久不來沙頭忽見眼相猜自今已後

知人意一日須來一百回

無數春筍滿林生柴門密掩斷人行會須上番（去聲）看成竹客至從嗔不出迎

戲爲六絶句

庾信文章老更成凌雲健筆意縱橫今人嗤點流傳賦不覺前賢畏後生

王楊（一作楊王）盧駱當時體（指四子）輕薄爲文哂未休爾曹身與名俱滅不廢江河萬古流

杜實是推服四子非自況也

縱使盧王操翰墨劣于漢魏近風騷龍文虎脊皆君馭歷塊過都見爾曹

才力應難誇數公凡今誰是出羣雄或看翡翠蘭苕上未掣鯨魚碧海中

鯨魚碧海是子美自評語

不薄今人愛古人淸詞麗句必爲鄰竊攀屈宋宜方駕恐與齊梁作後塵

未及前賢更勿疑遞相祖述復先誰別裁僞體親風雅轉益多師是汝師

老杜作咏物詩尚爾墮落今日詩家胡亂提筆何也

不成語

江頭五詠丁香 少陵有此惡詩

丁香體柔弱，亂結枝猶墊。細葉帶浮毛，疏花披素艷。深栽小齋後，庶近幽人占。晚墮蘭麝中，休懷粉身念。

麗春

百草競春華，麗春應最勝。少須（晉作頃）好顏色（草堂作顏色好），多漫枝條剩。紛紛桃李枝，處處總能移。如何貴此重（晉作稀如可貴重），却怕有人知。

梔子

梔子比衆木人間誠未多於身色有用與道氣傷一作相和紅取風霜實靑看雨露柯無情移得汝貴在映江波

鸂鶒

故使籠寬織須知動損毛看雲莫悵望失水任呼號六翮曾經剪孤飛卒只一作未高且無鷹隼慮留滯莫辭勞

花鴨

花鴨無泥滓，堦前[一作中庭]每緩行。羽毛知獨立，黑白太分明。不覺羣心妬，休牽衆眼驚。稻粱霑[一作知]汝在，作意莫先鳴。

畏人

早花隨處發，春鳥異方啼。萬里青江上，三年[一云峯]落日低。畏人成小築，褊性合幽棲。門逕[一云逕没]從榛草，無心走[一作待]馬蹄。

遠遊

供

賤子何人記迷芳（荆作方）著處家竹風連野色江沫擁春沙種藥扶衰病吟詩解歎嗟似聞胡騎走失喜問京華

淡語亦可

野望

西山白雪三奇（一作城 一作年）戍南浦淸江萬里橋海內風塵諸弟隔天涯涕淚一身遙唯將遲暮洪多病未有涓埃荅聖朝跨馬出郊時極目不堪人事日（一作白）蕭條

亦自可愛

官池春雁二首

自古稻粱多不足至今鸂鶒亂爲羣且休悵望看春水更恐歸飛隔暮雲

青春欲盡急還鄉紫塞寧論尚有霜翅在雲天終不遠力微矰繳絕須防

水檻遣心二首

去郭軒楹敞無村草堂作材眺望賒澄江平少岸幽樹晚多花細雨魚兒出微風燕子斜城中十萬戶此地兩

紅十三之八 綠十三之八 黃十三之八

半生成言生者已成成者又生蓋相半也見幽居僻寂無他蓄富氣惟與物偕長之樂耳

三家

蜀天常夜雨江檻已朝晴葉潤林塘密衣乾枕席清

不堪祗老病何得尚（晉作向）浮名淺把涓涓酒深憑送

此生

屏跡三首

用拙存（誠作）吾道幽居近物情桑麻深雨露燕雀半

生成村鼓時時急漁舟箇箇輕杖藜從白首心跡喜

雙清

倣拙實工

晚起家何事無營地轉幽竹光團（一作圓）野色舍（一云山）影漾江流失學從兒懶長貧任婦愁百年渾得醉一月不梳頭

衰顏（一作年）甘屏迹幽事供高臥鳥下竹根行龜開萍葉過年荒酒價乏日併園蔬課猶酌甘泉歌（一云獨酌酣且歌一云獨酣酌甘泉）歌長擊樽破

寄題杜二錦江野亭　　嚴武

漫向江頭把釣竿懶眠沙草愛風湍莫倚善題鸚鵡

眞釣二字亦奏

賦何須不著鵕鸃冠腹中書籍幽時曬肘後醫方静處看興發會能馳駿一云五馬終須晉作嘗重一作直到使君灘

奉酬嚴公寄題野亭之作

拾遺曾奏數行書懶性從來水竹居奉引濫騎沙苑馬幽棲眞釣錦江魚謝安不倦登臨費一作賞阮籍焉知禮法疎枉沐一云何日旌麾出城府草茅無一作荒徑欲教鋤

如此猶未爲惡然不必學

中丞嚴公雨中垂寄見憶一絶奉答二絶

雨映行宮一作官一作雲非是辱贈詩元戎肯赴野人期一云元戎欲動野人知江邊老病雖無力強擬晴天理釣絲

何日雨晴雲出溪白沙青石先一云洗無泥只須伐竹開荒徑倚一作拄杖穿花聽馬嘶一云鳥啼

謝嚴中丞送青城山道士乳酒一瓶

山瓶乳酒下青雲氣味濃香幸見分鳴鞭走送憐漁父洗盞開嘗對馬軍軍州謂驅使騎爲馬軍

穩順而意韻亦到

嚴公仲夏枉駕草堂兼攜酒饌得寒字草堂本一作鄭公枉駕攜饌訪水亭

竹裏行厨洗玉盤，花邊立馬簇金鞍。非關使者徵求急，自識將軍禮數寬。百年地闢今本作僻柴門迥，五月江深草閣寒。看弄漁舟移白日，老農何有罄交歡。

嚴公廳宴同詠蜀道畫圖得空字

日臨公館靜，畫滿一作列地圖雄。劒閣星橋北，松州雪嶺東。華夷山不斷，吳蜀水相通。興與近俗烟霞會，淸樽幸

結語見古人忠告今人不敢　敘事談情無限刻劃

不空

奉送嚴公入朝十韻

鼎湖瞻望遠象闕憲章新四海猶多難中原憶舊臣
與時安反側自昔有經綸感激張天步從容靜塞塵
南圖迴羽翮北極捧星辰漏鼓還思晝宮鶯罷囀春
空留玉帳術愁殺錦城人閣道通丹地江潭隱白蘋
此生那老蜀不死會歸秦公若登台輔臨危莫愛身

酬別杜二　嚴武

獨逢堯典日再覩漢官儀未効風霜勁空慙雨露私

夜鐘清萬戶曙漏拂千旗並向殊（一作斜）庭謁俱承別

館追斗城憐舊路渦水惜歸期峰樹還相伴江雲更

對垂試迴滄海棹莫（一作更）妬敬亭詩秪是書應寄無

忘酒共持但令心事在未肯鬢毛衰最悵巴山裏清

猿惱夢思

送嚴侍郎到綿州同登杜使君江樓（得心）

野興每難盡江樓延賞心歸朝送使節落景惜登臨

劉云落落有氣

臨岐繾綣足見嚴杜交情

稍稍烟集渚微微風動襟重船依淺瀨輕鳥度層陰

無甚味

檻峻背幽谷窗虛交茂林燈光散遠近月彩靜高深

城擁朝來客天横醉後參窮途衰謝意苦調短長吟

不成吟

此會共能幾諸孫賢至今不勞朱戶閉自待白河沈

不成語

奉濟驛重送嚴公四韻

一往情深

遠送從此別青山空復情幾時杯重把昨夜月同行

接得健

列郡謳歌惜三朝出入榮江村獨歸處寂寞養殘生

巴西驛亭觀江漲呈竇使君草堂本作竇十五使君

起淡中極巧無緣無由偏似著得

宿雨南江漲波濤亂遠峯孤亭凌噴薄萬井逼春容霄漢愁高鳥泥沙困老龍天邊同客舍攜我豁心胸

九日登梓州城

伊昔黃花酒如今白髮翁追歡筋力異望遠歲時同弟妹悲歌裏甚不佳朝廷一作乾坤醉眼中兵戈與關塞此日意無窮

巴嶺答杜二見憶　嚴武

臥向巴山落月時兩鄉千里夢相思可但步兵偏愛

此亦古風

酒也知光祿最能詩江頭赤葉楓愁客籬外黃花菊對誰跋馬望君非一度冷猿秋雁不勝悲

九日奉寄嚴大夫

九日應愁思經時冒險艱（正指但兵事）不眠持漢節何路出巴山小驛香醪嫩重巖細菊草堂作雨斑遙知簇鞍馬迴首白雲間

黃草　氣格蒼老

黃草峽西船不歸赤甲山下行人一云人行稀秦中驛使

看他對法

無消息蜀道兵（一云干）戈有是非萬里秋風吹錦水誰家別淚濕羅衣莫愁劍閣終堪據聞道松州已被圍

懷舊

地下蘇司業情親獨有君那因喪（一作哀）亂後便有（一云更作）死生分老罷知明鏡悲來望白雲自從失詞伯不復更論文（公前名頴緣避御諱改為源明）

所思（得台州鄭司戶虔消息）

鄭老身仍竄台州信所（一作始）傳為農山澗曲卧病海

悲痛情發

句有眼骨

雲邊世已疎儒素人猶乞酒錢徒勞望牛斗無計斸龍泉

不見（近無李白消息）

不見李生久佯狂眞可哀世人皆欲殺吾意獨憐才敏捷詩千首飄零酒一杯匡山讀書處頭白好（一云始）歸來

題元武禪師屋壁

何年顧虎頭滿壁（一作座）畫瀛（一作滄）州赤日石林氣靑

二首全篇佳勝難以一字形容

天江海（一云水）流錫飛常近鶴杯度不驚鷗似得廬山路眞隨惠遠遊

客夜

客睡何曾著秋天不肯明卷簾殘月影高枕遠江聲計拙無衣食途窮仗友生老妻書數紙應悉未歸情

客亭

詠景語超出唐人

秋窗猶曙色落木（一作木落）更天高（一作高天）風日出寒山外江流宿霧中聖朝無棄物老病已成（一云衰）翁多少殘生

有許多且字不佳

事飄零似轉蓬

秋盡

秋盡東行且未迴茅齋寄在少城隈籬邊老却陶潛菊江上徒逢袁紹盃雪嶺獨看西日落（一云暮）劒門猶阻北人來不辭萬里長爲客懷抱何時得好開（一云好開）

陪王侍御宴通泉東山野亭

江水（好語）東流去清樽日復斜異方（不工而工）同宴賞何處是京華

亭景臨山水村烟對浦沙狂歌過于一云形勝得醉卽爲家

野望

金華山北一云南涪水西仲冬風日始淒淒山連越巂蟠三蜀水散巴渝下五溪獨鶴不知何事舞飢烏似欲向人啼射洪春酒寒仍綠目極傷神誰爲攜

一片眞氣流行此所謂神來之作

聞官軍收河南河北一云收兩河

劍外忽傳收薊北初聞涕淚滿衣裳卻看妻子愁何

在漫卷詩書喜欲狂白日首一云放歌須縱酒青春作
伴好還鄉即從巴峽穿巫峽便下襄陽向洛陽余田園在東京

涪江泛舟送韋班歸京得山字

追餞同舟日傷春一云心一水間飄二句亦可零為客久衰老羨
君還花遠一云雜重重樹雲輕處處山天涯故人少更
益一作憶鬢毛斑

春日梓州登樓二首

二首全佳○無却有但更能皆是不可人意處此老偏好用此工夫

行路難如此登樓望欲迷身無却少壯跡有但[晉作但有]羈栖江水流城郭春風入鼓鼙雙雙新燕子依舊已銜泥

感歎淒然　不可人　情景俱悲

平直說話自是情感而風致亦具正合如此

天畔登樓眼隨春[一云風]入故園戰場今始定移[晉作移後]柳更能存厭蜀交遊冷思吳勝事繁應須理舟楫長嘯下荆門

新想　質而不俚　人不能造

郪城西原送李判官兄武判官弟赴成都府

憑高送所親久坐惜芳辰遠水非無浪他山自有春

亦無斤兩

野花隨處發官一作妖有結撰柳著行新天際傷愁別離筵何自此乃人所不能道太頻

泛江送魏十八倉曹還京因寄岑中允參范郎中季

遲日深春一云江水輕舟送別筵帝鄉愁緒外春色淚亦自有興致苦語而著反心不事工痕邊見酒須相憶將詩莫浪傳若逢岑與范爲報各亦見老筆衰年

送路六侍御入朝

不分生憎亦不見語

欲爲濃美而覺味淡

童稚情親四一云三十年中間消息兩茫然更爲後會知何地忽漫相逢是別筵不分草堂本作憤桃花紅勝錦生憎柳絮白於一作如綿劍南春色還無賴觸忤愁人到酒邊

泛江送客

二月頻送客東津江欲平烟花山際重舟楫浪前輕淚逐勸盃下一作落愁連吹笛生離筵不隔日那得易爲情

上牛頭寺

青山意不盡袞袞上牛頭無復能拘礙眞成浪出遊（如何對得）

花濃春寺靜竹細野池幽何處（無謂）鸎啼切移時獨未休

望牛頭寺

牛頭見鶴林梯逕繞幽深（一云秀麗一何深）春色浮（一作流）山外天河宿（蔡作沒）殿陰傳燈無白日布地有黃金休作狂歌老迴看不住心

上兜率寺

兜率知名寺眞如會法堂江山有巴蜀棟宇自齊梁

庾信哀雖久何顒好不忘白牛車遠近且欲上慈航

望兜率寺

樹密當山徑江深隔寺門霏霏雲氣重一云動閃閃浪

花翻不復知天大空餘見佛尊時應清盥一云與罷隨

喜給孤園

甘園

春日清江岸千甘二頃園青雪羞一作著葉密白雲避

實不艷也殊無情興

花繁結子隨邊使開筩近至尊後於桃李熟終得獻金門 作咏物詩看更佳

數陪李梓州泛江有女樂在諸舫戲爲艷曲二首贈李 草堂作章諸方輿勝覽作渚

上客迴空騎佳人滿近船江清歌扇底野曠舞衣前玉袖凌風並金壺隱浪偏競將明媚色偷眼艷陽天 一云年

白日移歌袖清霄近笛牀翠眉縈度曲雲鬢儼分行

五字高絕

立馬千山暮，迴舟一水香。使君自有婦，莫學野鴛鴦。

登牛頭山亭子

路出雙林外，亭窺萬井中。江城孤照日，山春（一作谷）遠含風。兵革身將老，關河信不通。猶殘數行淚，忍對百花叢。

好

造語自別

陪李梓州王閬州蘇遂州李果州四使君登惠義寺

春日無人境，虛空不住天。鶯花隨世界，樓閣寄（一作倚）

無謂

山巔遲暮身何得登臨意惘寂一云然誰能解金印瀟灑共安禪一云三車將五馬若箇合安禪

送何侍御歸朝李梓州泛舟筵上作

舟楫諸侯餞車輿使者歸山花相映發水鳥自孤飛無端無由亦自風致苦刻而拙春日垂霜鬢天隅把繡衣故人從此去遠一云寥落寸心違

江亭送眉州辛別駕昇之得蕪字

柳影含雲幕重一云江波近酒壺異方驚會面終宴惜

亦不爲工

征途沙晚低風蝶天晴喜浴鳧別離傷老大意緒日荒蕪

涪城縣香積寺官閣

寺下春江深不流山腰官閣迴添愁含風翠壁孤雲細背日丹楓萬木稠小院迴廊春一作清寂寂浴鳧飛鷺晚悠悠諸天合在藤蘿外昏黑應須到上頭

絶無風韻

戲題寄上漢中王三首時王在梓州初至斷酒不飲篇有戲述

無味

妙語自作

西漢親王子成都老客星百年雙白鬢一別五秋一作

飛螢忍斷盃中物秪王作眠看座右銘不能隨皁蓋自醉逐浮萍

策杖時能出王門異昔遊已知嗟不起未許醉相留蜀酒濃無敵江魚美可求終思一酩酊淨掃鴈池頭

羣盜無歸路衰顏會遠方尚憐詩警策猶記一作憶酒顛狂魯衛彌尊重徐陳略喪亡空餘枚一作故叟在應念早升堂

陪章留後侍御宴南樓得風字

殊不見佳

絶域長夏晚兹樓清宴同朝廷燒棧北鼓角滿一作漏天東屢食將軍第一云郎仍騎一云驕御史驄本無丹竈術一作訣那免白頭翁寇盜狂歌外形骸痛飲中野雲低渡水簷雨細隨風出號江城黑題詩蠟炬一作燭紅此身醒復醉不擬哭途窮

臺上得涼字

改席臺能迥留門月復光雲行一作霄遺暑濕山谷進風涼老去一杯足誰憐屢舞長何須把官燭似惱鬢

余最不喜此四句孟津林是

毛蒼

送王十五判官扶侍還黔中得開字

大家東征逐子迴風生洲渚錦帆開青青竹笋迎船出日日一云白白江魚入饌來離別不堪無限意艱危深仗濟時才黔陽信使應稀少莫怪頻頻一作頻頻勸酒杯

倦夜

竹涼侵卧内野月滿一作偏庭隅重露成涓滴稀星乍有無暗飛螢自照水宿鳥相呼萬事干戈裏空悲清

上下語不相蒙却妙

夜徂　情景如畫一結感慨

○悲秋

涼風動萬里羣盜尚縱横家遠傳書日秋來爲客情
愁窺高鳥過老逐衆人行始欲投三峽何由見兩京

對雨

莽莽天涯雨江邊獨立時不愁巴道路恐濕漢旌旗
雪嶺防秋急繩橋戰勝遲西戎甥舅禮未敢背恩私

警急

才名舊楚將妙略擁兵機玉壘雖傳檄松州會解圍和親知拙計公主漫無歸青海今誰得西戎實飽飛（眞胡說）

王命

漢（一云漠）北豺狼滿巴西道路難血埋諸將甲骨斷使臣（一作君）鞍牢落新燒棧蒼茫舊築壇深懷喻蜀意慟哭望王官（一云京鑾）

征夫

十室幾人在千山空自多路衢唯見哭城市不聞歌

漂梗無安地，銜枚有荷戈。官軍未通蜀，吾道竟如何。

有感五首 五首皆不佳

將帥蒙恩澤，兵戈有歲年。至今勞聖主，何以報皇天。白骨新交戰，雲臺舊拓邊。乘槎斷消息，無處覓張騫。

幽薊餘虵樊作封豕，乾坤尙虎狼。諸侯春不貢，使者日相望。慎勿吞青海，無勞問越裳。大君先息戰，歸馬華山陽。

洛下舟車入，天中貢賦均。日聞紅粟腐，寒待翠華春。

諸詩博大渾含，意象飛動，如書家羲獻，畫家董巨，卓絕千古。

追究當日奢靡處召禍也。

十字且三四層曲折作起句尤警

莫取金湯固長令宇宙新不過行儉德盜賊本王臣

丹桂風霜急青梧日夜凋由來強幹地未有不臣朝

受鉞親賢往卑宮制詔遙終依古封建豈獨聽簫韶

盜一作滅人還亂兵殘將自疑登壇名絕假報主一云執玉爾何遲領郡輒無色之官皆有詞願聞哀痛詔端拱問瘡痍

五詩皆記時事氣格深渾是大家數

送元二適江左

亂後今相見秋深復遠行風塵為客日江海送君情

平平自好

晉室丹陽尹公孫白帝城經過自愛惜取次莫論兵一二語絕不可解元常應孫吳科舉

○章梓州水亭時漢中王兼道士席謙在會同用荷字韻

城晚通雲霧亭深到芰荷吏人橋外少秋水席邊多近屬淮王至高門薊子過荊州愛山簡吾醉亦長歌

○翫月呈漢中王

夜深露氣清江月滿江城浮一作游客轉危坐歸舟應獨行關山同一照海錄作點烏鵲自多驚欲得淮王術風

吹暈已生

戲作寄上漢中王二首王新誕明珠

雲裏不聞雙雁過掌中貪見一珠新秋風嫋嫋吹江漢只在他鄉何處人

謝安舟楫風還起梁苑池臺雪欲飛杳杳東山攜漢妓洽洽修竹待王歸用古少味

投簡梓州幕府兼簡韋十郎官

幕下郎官安穩無從來不奉一行書固知貧病人須

起結皆龐踵逗滯節促而與短句句實乃不滿耳

悲歎清夢

棄能使韋郎跡也疎

登高　正當好詩千迴諷之不厭

風急天高猿嘯哀渚清沙白鳥飛迴無邊落木蕭蕭下不盡長江滾滾來萬里悲秋常作客百年多病獨登臺艱難苦恨繁霜鬢潦倒新停濁酒盃

九日

去年登高郪縣北今日重在涪江濱苦遭白髮不相放羞見黃花無數新世亂鬱鬱久爲客路難悠悠常

結語黯然

傍人酒闌却憶十年事腸斷驪山淸路塵

遣憤

聞道花門將論功未盡歸自從收帝里誰復總戎一云兵機一云軍麾蜂蠆終懷毒雷霆可振威莫令鞭血地再濕漢臣衣

起具情致

章梓州一云使君橘亭餞成都竇少尹得涼字

不成語

秋日野亭千橘香玉盃錦席高雲涼主人送客何所作音佐行酒賦詩殊未央衰老應爲難離去聲別一云難爲應離

杜此種詩不必盡有警句要是深渾難到

別賢聲此去有輝光預傳籍籍新京尹（一作兆）青史無勞數（一作缺）趙張

送陵州路使君赴任

王室比（荆作此）多難高官皆武臣幽燕通使者岳牧用詞人國待賢良急君當拔擢新佩刀成氣象行蓋出風塵（上下四語有開合意）戰伐乾坤破瘡痍府庫貧衆寮宜潔白萬役但平均（一云萬物役平均）霄漢瞻佳士（樊作家事）泥塗任此身（結歸自己）秋天正搖落迴首大江濱

薄暮

江水長流一云最深地山雲薄暮時寒花隱亂草宿鳥擇一云探深枝舊國見何日高秋心苦悲人生不再好鬢髮白一作自成絲

西山三首

夷界荒山頂蕃州積雪邊築城依一作連白帝轉粟上青天蜀將分旗鼓羌兵助一作動井泉一作鎧鋋西南背和好殺氣日相纏

辛苦三城戍長防萬里秋煙塵侵火井雨雪閉松州風動將軍幕蓋一云天寒使者裘漫平聲山賊營壘一云戍壁壘迴首得無憂

子弟猶深入關城未解圍蠶崖鐵馬瘦灌口米船稀辯士安邊策元戎決勝威今朝烏鵲喜欲報凱歌歸

薄遊

淅淅一云漸漸風生砌團團日隱牆遙一云滿空秋雁滅一云過半嶺暮雲長一云張病葉多先墜寒花只暫香巴城

所謂情至一氣如話

添淚月一作眼今夜復清光

病葉十字衰颯全開晚唐

贈韋贊善別

扶病送君發自憐猶不歸秖應盡客淚復作掩荆扉

江漢故人少音書從此稀往還二十載歲晚寸心違

送李卿曄

王子思歸日長安已亂兵霑衣問行在走馬向承明

暮景巴蜀僻春風江漢清晉山雖自棄魏闕尚含情

絶句

江邊踏青罷迴首見旌旗風起春城暮高樓鼓角悲

城上（荆作空城）

草滿巴西綠空城（山谷作城空）白日長（言外荒涼自見）風吹花片片春動（此語不可易作）（一作蕩）水（一云春送雨）茫茫八駿隨天子羣臣從武皇遙聞出巡守早晚徧遐荒（乘輿播遷却用穆王漢武事可謂立言有體）

舍弟占歸草堂檢校聊示此詩（全首作家常話）

題中檢校詩律中敘得精彩

久客應吾道相隨獨爾來孰知江路近頻爲草堂迴鵝鴨宜長數柴荆莫浪開東林竹影薄臘月更須栽

杜工部集卷十二終

松雪集卷十二

三六

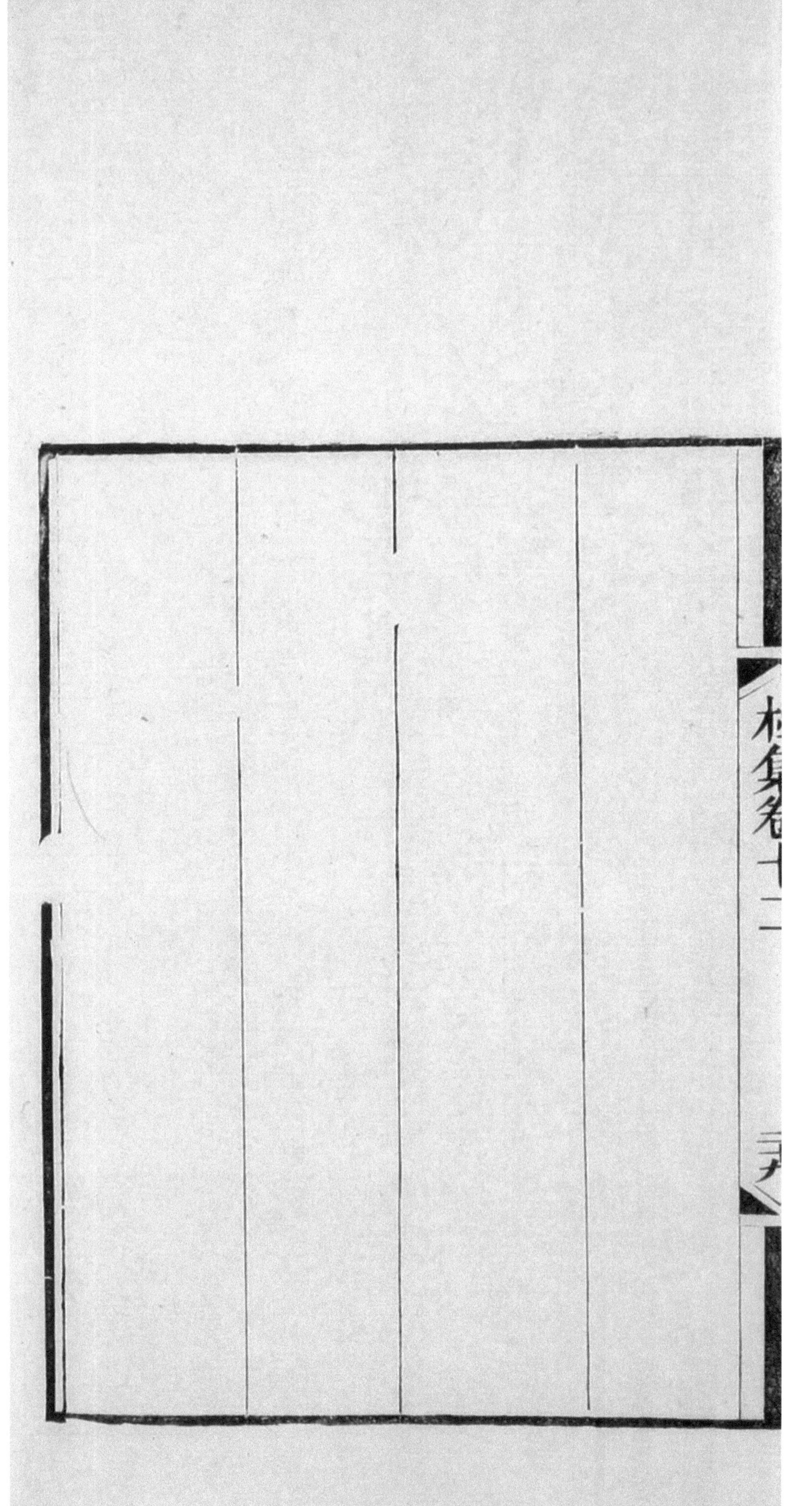

十三十四

杜工部集卷十三 十四

杜工部集卷十三目錄

近體詩九十六首

傷春五首

送梓州李使君之任

王閬州筵奉酬十一舅惜別之作

放船

奉待嚴大夫

奉寄高常侍

奉寄章十侍御

將赴荊南寄別李劍州

奉寄別馬巴州

泛江

陪王使君晦日泛江就黃家亭子二首

南征

久客

春遠

暮寒
雙鷺
百舌
地隅
遊子
歸夢
江亭餞蕭遂州
絕句二首

滕王亭子

玉觀臺

滕王亭子

玉觀臺

渡江

喜雨

送韋郎司直歸成都

將赴成都草堂途中有作先寄嚴鄭公五首

別房太尉墓
自閬州領妻子却赴蜀山行三首
山館
行次鹽亭縣奉簡嚴遂州蓬州兩使君諮議諸
昆季
倚杖
陪王漢州留杜綿州泛房公西湖
舟前小鵞兒

得房公池鴨

荅楊梓州

登樓

春歸

歸鴈

贈王侍御契四十韻

寄董卿嘉榮十韻

寄李員外布十二韻

寄李員外布十二韻
歸來
王録事許脩草堂貲不到聊小詰
寄邛州崔録事
過故斛斯校書莊二首
立秋雨院中有作
軍城早秋 嚴武
奉和軍城早秋

院中晚晴懷西郭茅舍
到村
宿府
遣悶奉呈嚴公二十韻
送舍弟頻赴齊州三首
嚴鄭公堦下新松
嚴鄭公宅同詠竹
奉觀嚴鄭公廳事岷山沲江畫圖十韻

晚秋陪嚴公摩訶池泛舟
初冬
至後
正月三日歸溪上
弊廬遣興奉寄嚴公
春日江村二首
絶句六首
絶句四首

杜工部集卷十三目錄終

杜工部集卷十三

近體詩九十六首居閬州及再至成都作

傷春五首

天下兵雖滿春光一作青春日自濃西京疲百戰北闕任羣兇關塞三千里煙花一萬重蒙塵清露急御宿且一作有誰供殷復前王道周還舊國容蓬萊足雲氣應合總從龍

鶯入新年語花開滿故枝天青風捲幔草碧水通池

極傷心事極人語詩至此堪泣鬼神矣

慘事寫至此

牢落官軍速蕭條萬事危鬢毛元自白淚點向來垂
不是無兄弟其如有別離巴山春色靜北望轉逶迤
日月還相鬭星辰屢合一作亦屢圍不成誅執法焉得變
危機大角纏兵氣鉤陳出帝畿煙塵昏御道耆舊把
天衣一云固無白馬幾至著青衣行在諸軍闕來朝大將稀賢多
隱屠釣王肯載同歸
再有朝廷亂誰知消息真近傳王在洛復道使歸秦
奪馬悲公主登車泣貴嬪蕭關迷北上滄海欲東巡

敢料安危體猶多老大臣豈無嵇紹血霑灑屬車塵
聞說初東幸孤兒却走多難分太倉粟競棄魯陽戈
胡虜登前殿王公出御河得無（一作忍為）中夜舞誰（一作宜）憶大風歌春色生烽燧幽人泣薜蘿君臣重脩德猶足見時和

送梓州李使君之任（故陳拾遺射洪人也篇末有云）

籍甚黃丞相能名自潁川近看徐刺史還喜得吾賢
五馬何時到雙魚會早傳老思筇竹杖（一云節杖柱）冬要

又似高岑

錦衾眠不作臨歧恨唯聽舉最先火雲揮汗日山驛醒心泉遇害陳公殞于今蜀道憐君行射洪縣爲我一潸然

王閬州筵奉酬十一舅惜別之作

萬壑樹聲滿千崖秋氣高浮舟雲一作出郡郭別酒寄江濤良會不復久此生何太勞窮愁但唯一作有骨羣盜尚如毛吾舅惜分手使君寒贈袍沙頭暮黃鵠失侶自亦一作哀號

全佳勝

放船

送客蒼溪縣山寒雨不開直愁騎馬滑故作泛舟廻青惜峯巒過黃知橘柚來江流大（天一作）自在坐穩興悠哉

奉待嚴大夫

殊方又喜故人來重鎮還須濟世才常怪偏裨終日待不知旌節隔年廻欲辭巴徼啼鶯合遠下荆門去鷁催身老時危思會面一生襟（懷一作）抱向誰開

奉寄高常侍一云寄高三十五大夫

汶上相逢年頗多飛騰無那故人何總戎楚蜀應全未方駕一云價曹劉不啻過今日朝廷須汲黯中原將帥憶廉頗天涯春色催遲暮別淚遙添錦水波

奉寄章十侍御時初罷梓州刺史東川留後將赴朝廷

淮海維揚一俊人金章紫綬照青春指麾能事迴天地訓練強兵動鬼神湘西不得歸關羽河內猶宜借寇恂朝覲從容問幽仄勿云江漢有一作老垂綸

此公此病隨處而有

○將赴荆南寄别李劍州

使君高義驅今古寥落三年坐劍州但見文翁能化俗一作蜀焉知李廣未封侯路經灔澦雙蓬鬢天入滄浪一釣舟戎馬相逢更何日春風迴首仲宣樓

不求

其解要是佳句

奉寄别馬巴州時甫除京兆功曹在東川

無謂

勲業終一作眞歸馬伏波功曹非一云無復漢蕭何甫曾任華州司功扁舟繫纜沙邊久南國浮雲水上多獨把魚竿終遠去難隨鳥一作烏翼一相過知君未愛春湖色興

欲得新脱而反失之

在驪駒白玉珂

泛江

方舟不用檝極目總無波長日容盃酒深江淨綺羅
亂離還奏樂飄泊且聽歌故國流清渭如今花正多（從亂離觸動）

陪王使君晦日泛江就黄家亭子二首（亦極工巧然不佳驗字俗）

山豁何時斷江平不肯流稍知花改岸始驗鳥隨舟（後四句）
結束多紅粉歡娛恨白頭非君愛人客晦日更添（一作禁）愁

有逕金沙軟無人碧草芳野畦連蛺蝶江檻俯鴛鴦
日晚煙花亂風生錦繡香不須吹急管衰老易悲傷

南征

春岸桃花水雲帆楓樹林偷生長避地適遠更霑襟
老病南征日君恩北望心百年歌自苦未見有知音

久客

二句皆可作對反不佳　太露

羈旅知交態淹留見俗情衰顏聊自哂小吏最相輕
去國哀王粲傷時哭賈生狐狸何足道豺虎正一作亂

縱橫

春遠

肅肅花絮晚菲菲紅素輕日長唯鳥雀春遠獨柴荊
數有關中亂何曾劍外清故鄉（一作園）歸不得地入亞
夫營

暮寒

霧隱平郊樹風含廣岸波沉沉春色靜慘慘暮寒多
戍鼓猶長擊林鶯遂不歌忽思高宴會朱袖拂雲和

雙鷰

旅食驚雙鷰（一作雙飛鷰）銜泥入此堂應同避燥濕且復過（一作遇）炎涼養子風塵際來時道路長今秋天地在吾亦離殊方

百舌

百舌來何處重重秪報春知音兼衆語整翮豈多身花密藏難見（一云難相見）枝高聽轉新過時如發口君側有讒人

未露色相

地隅

江漢山重阻，風雲地一隅。年年非故物，處處是窮途。喪亂秦公子，悲涼（一云秋）楚大夫。平生心已折，行路日荒蕪。

游子

巴蜀愁誰語，吳門興杳然。（何故）九江春草外，三峽暮帆前。厭就成都卜，休爲吏部眠。蓬萊如可到，衰白問羣仙。

歸夢

道路時通塞江山日寂寥偷生唯一老伐叛已三朝

雨急青楓暮雲深黑水遙夢歸歸未得(一作夢魂歸亦得)不

用楚辭招

江亭王閬州筵餞蕭遂州

離亭非舊國春色是他鄉老畏歌聲斷(一云短)愁隨(吳作)

從舞曲長二天開(一云悲)寵餞五馬爛生(一作輝)光川路

風煙接俱宜(一云看)下鳳皇

絕句二首

遲日江山麗，春風花草香。泥融飛鷰子，沙暖睡鴛鴦。

江碧鳥逾白，山青花欲燃。今春看又過，何日是歸年。

滕王亭子 在玉臺觀內。王調露年中任閬州刺史

君王臺榭枕巴山，萬丈丹梯尚可攀。春日鶯啼修竹裏，仙家犬吠白雲間。淸江錦（一作碧）石傷心麗，嫩蘂濃花滿目斑。人到于今歌出牧，來遊此地不知還。

玉臺觀 滕王造 全首奇警

中天積翠玉臺（一云虛）遙，上帝高居絳節朝。遂有馮夷

遂有始知究無下落

遂有更有升庵以爲病余謂全詩超超元箸即此不碍其爲大家升庵所見何小耶

來擊鼓始知嬴女善吹簫江光隱見黿鼉窟石勢參差一云差池烏鵲橋更肯一云有紅顔生羽翼吳作翰便應黃髮老漁樵

滕王亭子

寂寞春山路君王不復行古牆猶竹色虛閣自松聲鳥雀荒村暮雲霞過客情尚思歌吹入千騎把霓旌

玉臺觀滕王造

浩劫因王造一云起平臺訪古遊綵雲蕭史駐文字魯

恭留宮闕通羣帝乾坤到十洲人傳有笙鶴時過此（一云北）山頭

體面詩偏爲子鱗所賞

渡江

用延之春江壯風濤語

春江不可（一作用）渡二月已風濤舟楫欹斜疾（一作甚）魚龍偃臥高渚花兼（陳作張）素錦汀草亂青袍戲問垂綸客悠悠見（一作是）汝曹

喜雨

南國旱（一作早）無雨今朝江出雲入空纔漠漠灑迴已

深源穩約情致殊深

全好

紛紛巢鸞高飛盡林花潤色分晩來聲不絕應得夜深聞

送韋郎司直歸成都

竄身來蜀地同病得韋郎天下干（一作兵）戈滿江邊歲月長別筵花欲暮春日鬢俱蒼（一云春鬢色俱蒼）爲問南溪竹（一云筍）抽梢合過牆（余草堂在成都西郭）

將赴成都草堂途中有作先寄嚴鄭公五首

得歸茅屋赴成都直（一云眞）爲文翁再剖符但使閭閻

五詩不作奇語高調而情致圓足以趣園轉逆問玉局劍南門戶

幽趣

還揖讓敢論松竹久荒蕪魚知丙穴由來美酒憶郫筒不用酤五馬舊曾諳小徑幾回書札待潛夫

處處青江帶白蘋故園猶得見殘春雪山斥堠無兵馬錦里逢迎有主人休怪兒童延俗客不教鵝鴨惱（幾不可通）比鄰習池未覺風流盡況復荆州賞更新

竹寒沙碧浣花溪菱一作橘刺藤梢咫尺迷過客徑須愁出入居人不自解東西書籤藥裹封蛛網野店山橋送馬蹄豈一作肯藉荒庭春草一作新月色先判一飲醉

如泥

常苦沙崩損藥欄也從江檻落風湍新松恨不高一作長千尺惡竹應須斬萬竿生理秪憑黃閣老衰顏一作容欲付一作赴紫金丹三年奔走空皮骨信有人間行路難

錦官一作館城西生事微一作錦官生事城西微烏皮几在還思歸昔去爲憂亂兵入今來已恐鄰人非側身天地更懷古廻首風塵甘息機共說總戎雲鳥陣不妨遊子

劉云鍾情苦語著低近二字惟孟東野有之

芰荷衣

別房太尉墓 閬州

他鄉復行役駐馬別孤墳近淚無乾土低空一云空山有斷雲對碁陪謝傅把劍覓徐君唯見林花落鸎啼送客聞

沈痛

自閬州領妻子却赴蜀山行三首

汩汩一作揖揖又作浥浥音蟄避羣盜悠悠經十年不成向南國復作遊西川物役水虛照魂傷山寂然我生無倚着

不成語

盡室畏途邊

長林偃風色廻復（一云首）意猶迷衫裛翠微潤馬銜青草嘶棧（一云遲）懸斜避石橋斷却尋溪何日干（一作兵）戈盡飄飄愧老妻

行色遞隱見人煙時有無僕夫穿竹語稚子入雲呼轉石驚魑魅抨弓落狖鼯真供一笑樂似欲慰窮途

山館（草堂本作移居公安山館）

南國晝多霧北風天正寒路危行木杪身遠（樊作迴）宿

雲端山鬼吹燈滅厨人語夜闌鷄鳴問前館世亂敢求安

行次鹽亭縣聊題四韻奉簡嚴遂州蓬州兩使君諮議諸昆季

馬首見鹽亭高山擁縣青雲溪花淡淡（一云漠漠）春郭水泠泠全蜀多名士嚴家聚德星長歌意無極好爲老夫聽

倚杖（鹽亭縣作）

欲爲閑曠而實無結構

看花雖郭內（外一云）倚杖即溪邊（無謂）山縣早休市江橋春聚船狎（野一云）鷗輕白浪（日一云）歸雁喜青（清一作）天物色兼生意淒涼憶去年

陪王漢州留杜綿州泛房公西湖

舊相恩追後春池賞不稀闕庭分未到舟楫有光輝（都不成詩）豉化蓴絲熟刀鳴鱠縷飛使君雙皁蓋灘淺正相依

興會忽來

舟前小鵝兒（漢州城西北角官池作）

鵝兒黃似酒對酒愛新鵝引頸嗔船逼（過一作）無行亂

眼多翅開遭宿雨力小困滄波客散層城暮狐狸奈若何

得房公池鵝

房相西池鵝一羣眠沙泛浦白於（一作如）雲鳳皇池應廻首爲報籠隨王右軍

答楊梓州

悶到房公池水頭坐逢楊子鎮東州却向青溪不相見迴船應載阿戎遊

此是杜集中有數好詩登臨氣壯悲弔傷心可謂揚之高華抑之沉實

石林詩話云七言難於氣象雄渾句中有力而紆徐不失言外之意自老杜錦江玉壘之後常恨無復繼者

寫景入微

登樓

花近高樓傷客心萬方多難此登臨錦江春色來一云水流天地玉壘浮雲變古今北極朝廷終不改西山寇盜莫相侵可憐後主還祠廟日暮聊爲梁甫吟

登臨時景　託眼傷心故　萬方多難　不成句　忽然到結此意頗深不可通

春歸

苔逕臨江竹茅簷覆地花別來頻甲子倏忽一作歸到又春華倚杖看孤石傾壺就淺沙遠鷗浮水靜輕燕受風斜世路雖多梗吾生亦有涯此身一云且應醒復醉乘

杜集卷十三　三

長篇結構整密，鋪叙匀穩

興郎爲家

歸鴈

東來萬里客，亂定一云走幾年歸。腸斷江城鴈，高高正一作向北飛。

贈王二十四侍御契四十韻

往往雖相見，飄飄媿此身。不關輕紱冕，俱是避風塵。一別星橋夜，三移斗柄春。敗亡非赤壁，奔走爲黃巾。子一作爾去何瀟灑，余藏異隱淪。書成無過鴈，衣故有

懸鶉恐懼行裝數伶俜臥疾一作病頻曉鸎工迸淚秋
月解傷神會面嗟黧黑含悽話苦辛接輿還入楚王
粲不歸秦錦里殘丹竈花溪得釣綸消一作痟中祇自
惜晚起索誰親伏柱聞周史乘槎有漢臣鴛鴻不易
狎龍虎未宜馴客則一云郎挂冠至交非傾蓋新由來
意氣合直取性情眞淚跡同生死無心恥賤貧偶然
存蔗芋幸各對松筠麤飯依他日窮愁怪此辰女長
裁褐穩男大卷書勻瀼口江如練蠶崖雪似銀名園

寫景入微却非晚唐最可法

當翠巘野棹沒青蘋屢喜王侯宅時邀一作逢江海人追隨不覺晚欵曲動彌旬但使芝蘭秀何煩一作須棟宇鄰山陽無俗物鄭驛正留賓出入竝鞍馬光輝參一作忝席珍重遊先主廟更歷少城闉石鏡通幽魄琴臺隱絳脣送終惟糞土結愛獨荆榛置酒高林下觀碁積水濱區區甘累趼稍稍息勞筋網聚粘圓鯽絲繁煮細蓴長一云概歌敲柳癭小睡凭藤輪農月須知課田家敢忘勤浮生難去食良會惜淸晨列國兵戈

氣勢渾[illegible]

無一毫情韻苦构特甚何足貴也

言西戎可焚蕩也

暗令王德教淳要聞除貘貐休作畫麒麟洗眼看輕薄虛懷任屈伸莫令膠漆地萬古重雷陳

寄董卿嘉榮十韻

聞道君牙帳防秋近赤霄下臨千雪嶺一作千似雪却背五繩橋海內久戎服京師今晏朝犬羊曾爛熳宮闕尙蕭條猛將宜嘗膽龍泉必在腰黃圖遭污辱月窟可焚燒會取干戈利無令斥候驕居然雙捕虜自是一嫖姚落日思輕騎高秋一作天憶射鵰雲臺畫形像

鋪敘不平妥斷咽特甚

皆爲掃氛妖

寄司馬山人十二韻

關內昔分袂天邊今轉蓬驅馳不可說談笑偶然同道術曾留意先生早擊蒙家家迎薊子處處識壺公長嘯峨嵋北潛行玉壘東有時騎猛虎虛室使仙童髮少何勞白顏衰肯更紅望雲悲轗軻畢景羨沖融喪亂形仍役淒涼信不通懸旌要路口倚劍短亭中永作殊方客殘生一老翁相哀骨可換亦遺馭清風

寄李十四員外布十二韻新除司議郎兼萬州別駕雖尙伏枕已聞

名參漢望苑職述景題輿巫峽將之郡荊門好附書遠行無自苦內熱比何如正是炎天闊那堪野館疏黃牛平駕浪畫鷁上凌虛試待盤渦歇方期解纜初悶能過小徑自日一作爲摘嘉蔬渚柳元幽僻村花不掃除宿陰繁素奈過雨亂紅蕖寂寂夏先晚泠泠風有餘江淸心可瑩竹冷髮堪宜一云梳直作移巾几秋

味詩意蓋有所往而不適也

帆發敝廬

歸來

客裏有所過適一作歸來知路難開門野鼠走散帙壁魚乾洗杓開新醞低頭拭小盤小一云著冠憑誰給麴櫱細酌老江干

淺淺語自佳

王錄事許修草堂貲不到聊小詰

爲嗔王錄事不寄草堂貲昨屬愁春雨能忘欲漏時

寄邛州崔錄事

邛州崔錄事聞在果園坊坊名在成都久待無消息終朝有底忙應愁江樹遠怯見野亭荒浩蕩風塵一作煙外誰知酒熟香

過故斛斯校書莊二首老儒艱難時病於庸蜀歎其没後方授一官

英華注云公名融

此老已云没鄰人嗟亦休一云歎未休竟無宣室召徒有茂陵求妻子寄他食園林非昔遊空堂總帷在淅淅野風秋

鷰八非傍舍鷗歸秖故池斷橋無復板卧柳自生枝
遂有山陽作多慙鮑叔知素交零落盡白首淚雙垂

立秋雨院中有作

山雲行絶塞大火復西流飛雨動華屋蕭蕭梁棟秋
窮途愧知已暮齒借前籌已費清晨謁那成長者謀
解衣開北戸高枕對南樓樹溼風涼進江喧水氣浮
禮寛心有適節爽病微瘳主將歸調鼎吾還訪舊邱

軍城早秋　嚴武

昨夜秋風入漢關朔雲邊雪一作月滿西山更催飛將追驕虜莫遣一作放沙場匹馬還

奉和

秋風嫋嫋動高旌玉帳分弓射虜營已收滴博雲間戍更奪胡三省作次取蓬婆雪外城

院中晚晴懷西郭茅舍

幕府秋風日夜清澹雲疎雨過高城葉心朱實看一作堪時落階面青苔先自生復有樓臺銜暮景不勞鐘

律詩何得如此苟且

鼓報新晴浣花溪裏花饒笑肯信吾兼一作今吏隱名

到村

碧澗雖多雨秋沙先去聲陳作亦少泥蛟龍引子過荷芰逐花低老去參戎幕歸來散馬蹄稻粱須就列榛草即相迷蓄積思江漢疏頑吳作頑疏惑一作感町畦稍吳作蹔酬知已分還入故林棲

宿府

清秋幕府井梧一作桐寒獨宿江城蠟炬一作燭殘永夜

讀此詩知少陵客嚴武幕中亦大是鬱鬱在

露裹以下即欲尋之別業也

角聲悲自語中天月色好誰看風塵荏苒音書絕關塞蕭條行路難已忍伶俜十年事強移棲息一枝安

○遣悶奉呈嚴（吳本有鄭字）公二十韻

白水魚竿客清秋鶴髮翁胡爲來（一作居）幕下秪合在舟中黃卷眞如律青袍也（一音夜）自公老妻憂坐痺幼女問頭風平地專欹倒分曹失異同禮甘衰力就義忝上官通疇昔論詩早光輝仗鉞雄寬容存性拙剪拂念途窮露裹思藤架煙霏想桂叢信然龜觸網直

作烏窺籠西嶺紆村北南江遶舍東竹皮寒舊翠椒實雨新紅浪簸船應坼杯乾甕即空藩籬生野徑斤斧任樵童束縛酬知已蹉跎効小忠周防期稍稍太簡遂怱怱曉入朱扉啓昏歸畫角終不成尋別業未敢息微躬烏鵲愁銀漢駑駘怕錦幪會希全物色時放倚梧桐

又用東西南北字

老人親契眞情者語

送舍弟頻草堂本作穎赴齊州三首

岷嶺南蠻北徐關東海西此行何日到送汝萬行啼

絶域惟高枕，淸風獨杖藜。危時暫相見，衰白意都迷。

風塵暗不開，汝去幾時來。兄弟分離苦，形容老病催。

江通一柱觀，日落望鄉臺。客意長東北，齊州安在哉。

諸姑今海畔，兩弟亦山東。去傍干戈覓，來看道路通。

短衣防戰地，匹馬逐秋風。莫作俱流落，長瞻碣石鴻。

嚴鄭公堦下新松 得霑字

弱質豈自負，移根方爾瞻。細聲聞一作侵玉帳，疎翠近

珠簾。未見紫煙集，虛蒙淸露霑。何當一百丈，欹蓋擁

亦猶人耳

刻劃秀淨巧不律法精細嚴整僞雅

點眼只一二處字學者宜熟玩之

高詹

嚴鄭公宅同咏竹 得香字

綠竹半含籜，新梢纔出墻。色侵書帙晚，陰過酒樽涼。雨洗娟娟淨，風吹細細香。但令無翦伐，會見拂雲長。

奉觀嚴鄭公廳事岷山沲江畫圖十韻 得忘字

沲水流 一作臨 中座，岷山到 一作對 此 一作北 堂。白波吹 一作侵 粉壁，青嶂插雕梁。直訝杉松冷，兼疑菱荇香。雪雲虛點綴，沙草得微茫。嶺雁隨毫末，川蜺飲練光。霏紅洲蘂亂拂藥石蘿長暗谷（一作谷暗）非關雨丹楓（一作楓丹）不爲霜秋成（一作城）元圃外景物洞庭旁繪事功殊絕幽襟興激昂從來謝太傅邱壑道難忘

晚秋陪嚴鄭公摩訶池泛舟（得溪字）

湍駛風醒酒船廻（一作行）霧起隄高城秋白落雜樹晚相迷坐觸鴛鴦起巢傾翡翠低莫須驚白鷺爲伴宿青溪

初冬

垂老戎衣窄歸休寒色一云氣深漁舟上急水獵火著高林日有習池醉愁來梁甫吟干戈未偃息出處遂何心

至後

冬至至後日初長遠在劒南思洛陽青袍白馬有何意金谷銅駝非故鄉梅花欲開不自覺棣萼一別永相望愁極本憑詩遣興詩成吟詠轉淒涼

正月三日歸溪上有作簡院內諸公

此等著字是老杜得意處吾甚不喜

野外堂依竹籬邊水向城蟻浮仍臘味鷗泛已春聲藥許鄰人斸書從稚子擎白頭趨幕府深覺負平生（有韻）

敝廬遣興奉寄嚴公

野水平橋路春沙映竹村風輕粉蝶喜花暖蜜蜂喧（故爲深刻而不甚妙）把酒且（一作宜）深酌題詩好細論府中瞻暇日江上憶詞源跡忝（一作寄）朝廷舊情依節制尊還思長者轍恐避席爲門

春日江村五首

農務村村急春流岸岸深乾坤萬里眼時序百年心茅屋還堪賦桃源自可尋艱難賤一作淺陳作昧生理飄泊到如今

迢遞來三蜀蹉跎有一作又六年客身逢故舊發興自林泉過懶從衣結頻遊任履穿藩籬無限景陳川本並作頗恣意買一作向江天種竹交加翠栽桃爛熳紅經心石鏡月到面雪山風赤管隨王命銀章付老翁豈知牙齒落名玷薦賢中

只此尤不可及正不必苦作翻硬也

章法好

此體惟杜有之若他人作便不成話說矣

扶病垂朱紱歸休步紫苔郊扉存一作在晚計幕府媿羣材燕外晴絲卷鷗邊水葉開鄰家送魚鼈問我數能來

羣盜哀王粲中年召賈生登樓初有作前席竟爲榮

總是無謂但不惡耳

宅入先賢傳才高處士名異時懷二子春日復含情

絕句六首

日出籬東水雲生舍北泥竹高鳴翡翠沙僻舞鵾一作鶤鷄

子美五絕多是截律句中四語耳雖時有佳句殊少神味固當遜太白摩詰擅場

藹藹花蘂亂飛飛蜂蝶多幽棲身懶動客至欲如何

鑿井交櫻葉吳若本注交櫻若井綆也開渠斷竹根扁舟輕裊纜

小逕曲通村

急雨捎溪足斜暉轉樹腰隔巢黃鳥竝翻藻白魚跳

舍下筍穿壁庭中藤刺一作到簷地晴絲冉冉江白草

纖纖

江動月移石溪虛雲傍花鳥棲知故道帆過宿誰家

絶句四首

堂西長簃別開門塹北行椒却背村梅熟許同朱老

喫松高擬對阮生論朱阮鄰外相知

欲作魚梁雲復一作覆湍因驚四月雨聲寒青溪先有

蛟龍窟竹石如山不敢安

兩箇黃鸝鳴翠柳一行白鷺上青天窗含西嶺千秋

拙不當如是

雪門泊東吳萬里船西山白雪四時不消

藥條藥一作茱甲潤青青色過椶亭入草亭苗滿空山

慙取譽根居隙地怯成形

杜工部集卷十三終

杜工部集卷十四目錄

近體詩一百十九首

哭嚴僕射歸櫬

宴戎州楊使君東樓

渝州候嚴六侍御不到先下峽

撥悶

聞高常侍亡

宴忠州使君姪宅

禹廟
題忠州龍興寺所居院壁
旅夜書懷
別常徵君
十二月一日三首
又雪
奉漢中王手札
贈崔十三評事公輔

長江二首
承聞故房相公靈櫬歸葬東都二首
雲安九日鄭十八攜酒陪諸公宴
答鄭十七郎一絕
將曉二首
懷錦水居止二首
子規
立春

漫成一絶
老病
南楚
寄常徵君
寄岑嘉州
移居夔州郭
船下夔州郭宿雨濕不得上岸別王十二判官
雨不絶

崔評事弟許相迎不到走筆戲簡

宿江邊閣

夜宿西閣曉呈元二十一曹長

西閣口號

西閣雨望

不離西閣二首

西閣三度期大昌嚴明府同宿不到

西閣二首

閣夜
西閣夜
瀼西寒望
入宅三首
赤甲
卜居
暮春題瀼西草屋五首
園

豎子至
示獠奴阿段
秋野五首
溪上
樹間
課小豎鋤斫舍北果林枝蔓荒穢淨訖移牀三首
寒雨朝行視園樹

季秋江村
小園
自瀼西荆扉且移居東屯茅屋四首
茅屋檢校收稻二首
東屯月夜
東屯北崦
從驛次草堂復至東屯二首
暫往白帝復還東屯

刈稻了咏懷
上白帝城
上白帝城二首
武侯廟
八陣圖
謁先主廟
白鹽山
灩澦堆

灔澦
白帝
白帝城樓
曉望白帝城鹽山
白帝城最高樓
白帝樓
陪諸公上白帝城頭宴越公堂之作
峽隘

諸葛廟
峽口二首
天池
瞿塘兩崖
夔州歌十絶句
上卿翁請修武侯廟

杜工部集卷十四目錄終

杜工部集卷十四

近體詩一百十九首 行過戎渝州居雲安夔州作

哭嚴僕射歸櫬

素幔隨流水歸舟返舊京老親如宿昔部曲異平生風送一作逆蛟龍雨一作匣天長驃騎營一哀三峽暮遺後見君情

全篇俱好

宴戎州楊使君東樓

勝絕驚身老情忘發興奇座從歌妓密樂任主人爲

稍拙

杜集卷十四 一

重碧拈（一作酤一作擘一作拓）春（一作筩）酒輕紅擘荔枝樓高欲
愁思橫笛未休吹

渝州候嚴六侍御不到先下峽

聞道乘驄發沙邊待至今不知雲雨散虛費短長吟
山帶烏蠻闊江連白帝深船經一柱觀留眼（一作滯）共
登臨

撥悶（一云贈嚴二別駕） 定非少陵佳處無煩效顰

聞道雲安麴米春纔傾一盞即醺人乘舟取醉非難

事下峽消愁定幾巡長年三老遥憐汝棙柂開頭一作鳴鐃捉有神已辦青錢防雇直當令美味入吾脣

聞高常侍亡忠州作

歸朝不相見蜀使忽傳亡虛歷金華省何殊地下郎致君丹檻折哭友白雲長獨步詩名在柢令故舊傷

宴忠州使君姪宅

出守吾家姪殊方此日歡自須遊阮巷一作舍不是怕湖一作溪灘樂助長歌逸一作送杯一作林饒旅思寬昔曾

如意舞窣卒強爲看

禹廟

禹廟空山裏秋風落日斜荒庭垂橘柚古屋畫龍蛇雲氣生虛壁一云噓清壁江聲走白沙早知乘四載二句不甚可解疏鑿一云流落控三巴

全首牢壯不著圈目好

題忠州龍興寺所居院壁

忠州三峽內井邑聚雲根小市常爭米孤城早閉門空一作豈看過客淚莫覓主人恩淹泊仍愁虎深居賴

宏壯

結語學之便能

獨園

○旅夜書懷

細草微風岸，危檣獨夜舟。星垂平野闊，月湧大江流。

名豈文章著，官應老病休。飄飄一作飄零何所似，天地一作

外一沙鷗。星垂俗本多作星隨

別常徵君

兒扶猶杖策，臥病一秋強。白髮少新洗，寒衣寬總長。

故人憂見及，此別淚相忘。各逐萍流轉，來書細作行。

三詩雖非勝場要是老境空同學之便醜

十二月一日三首

今朝臘月春意動雲安縣前江可憐一聲何處送書雁百丈誰家上水（一作瀨）船未將梅蘂驚愁眼要（一作更）取楸（一作椒）花媚遠天明光起草人所羡肺病幾時朝日邊

寒輕市上山烟碧日滿樓前江霧黄負鹽出井此谿女打鼓發船何郡郎新亭舉目風景切茂陵著書消渴長春花不愁不爛熳楚客唯聽棹相將

卽看鷰子入山扉豈有黃鸝歷翠微短短桃花臨水岸輕輕柳絮點人衣春來準擬開懷久老去親知見面稀他日一盃難強進重嗟筋力故山違

又雪

南雪不到地青崖霑未消微微向日薄脉脉去人遙冬熱鴛鴦病峽深豺虎驕愁邊有江水焉得北之朝

雪中著此亦不倫

奉漢中王手札

國有乾坤大王今叔父尊剖符來蜀道歸蓋取荆門

峽險通舟過陳作峻江長注海奔主人留上客避暑得名園前後緘書報分明饌玉恩天雲浮絕壁風竹在華軒已覺良宵永陳作逸何看駭浪翻入期朱邸雪朝傍紫微垣枚乘文章老河間禮樂存悲秋宋玉宅失路武陵源淹薄俱崖口東西異石根夸音迷咫尺鬼物傍一作倚黃昏犬馬誠為戀狐狸不足論從容草奏罷宿昔奉清鐏

贈崔十三評事公輔

飄風（吳作飄颻）西極馬來自渥洼池颯飁定（一作寒、一作鄧）山桂低徊風雨枝我聞龍正直道屈爾何爲且有元戎命悲歌識者誰（吳作知）官聯辭冗長行路洗欹危脫劍主人贈去帆春色隨陰沉鐵鳳闕教練羽林兒天子朝侵早雲臺仗數移分軍應供給百姓日支離黠吏因封已公才或守雌燕王買（一作賈）駿骨渭老得熊羆活國名公在拜壇羣寇疑氷壺動搖碧野水失蛟螭入幕諸彥集渴賢高選宜騫騰坐可致九萬起於斯復

進出矛戟昭然開鼎彝會看之子貴歎及老夫衰豈
但江曾决還思霧一披暗塵生古鏡拂匣照西施舅
氏多人物無慚困翮垂

長江二首

衆水會涪萬瞿塘爭一門朝宗人共挹盜賊爾誰尊
孤石隱如馬高蘿垂飲猿歸心異波浪何事即飛翻

浩浩終不息乃知東極臨一作深衆流歸海意萬國奉
君心色借瀟湘闊聲馳灩澦深制作沈未辭添霧雨接

劉云豈房玄齡後耶

都不是詩

上遇一作過衣襟 結費解

承聞故房相公靈櫬自閬州啓殯歸葬東都有作二首

遠聞房太守一作尉歸葬陸渾山一德興王後孤魂久客間孔明多故事安石竟崇班他日嘉陵涕仍霑楚水還

丹旐飛飛日初傳發閬州風塵終不解江漢忽同流劔動新趙云善本作親身匣書歸故國樓盡哀知有處爲客

恐長休

雲安九日鄭十八攜酒陪諸公宴

寒花開已盡菊蘂獨盈枝舊摘人頻異輕香酒暫隨

地偏初衣裌山擁更登危萬國皆戎馬酣歌淚欲垂

答鄭十七郎一絶

雨後過畦潤花殘步屐遲把文驚小陸好客見當時

將曉二首

石城除擊柝鐵鎖欲開關鼓角悲荒塞星河落曙山

巴人常小梗蜀使動無還垂老孤帆色飄飄犯百一作白蠻

軍吏回官燭舟人自楚歌寒沙蒙薄霧落月去清波壯惜身名晚衰慙應接多歸朝日簪笏筋力定如何

懷錦水居止二首

軍旅西征僻風塵戰伐多猶一作獨聞蜀父老不忘舜謳歌天險終難立柴門豈重過朝朝巫峽水遠逗錦江波

萬里橋南（當作西）宅百花潭北莊層軒皆面水老樹飽經霜雪嶺界天白錦城曛日黄惜哉形勝地回首一茫茫

（凭弔感慨看作聲响便淺）

子規

峽裏雲安縣江樓翼瓦齊兩邊山木合終日子規啼眇眇春風見蕭蕭夜色淒客愁那聽此故作傍人低（一作故傍旅人低）

（咏物差可）

立春

春日春盤細生菜忽憶兩京梅發時盤出高門行白玉菜傳纖手送青絲巫峽寒江那對眼杜陵遠客不勝悲此身未知歸定處呼兒覓紙一題詩

律詩如此真是苟且

老境

漫成一絕

酷無情致寫景自佳

江月去人只數尺風燈照夜欲三更沙頭宿鷺聯拳靜一作起船尾跳魚撥一作跋剌鳴

下句殊有味

老病

老病巫山裏稽留楚客中藥殘他日裏花發去年叢

夜足霑沙雨春多逆水風合分雙賜筆猶作一飄蓬（無味）（一字乏）

南楚

南楚青春異暄寒早早分無名江上草隨意嶺頭雲（欲為超濃實閑淡耳）

正月蜂相見非時鳥共聞杖藜妨躍馬不是故離羣（倒句）

寄常徵君

白水青山空復春徵君晚節傍風塵楚妃堂上色殊（不清徹）

衆海鶴堦前鳴向人萬事糾紛猶絕粒一官羈絆實（有嘲諷）

藏身開州入夏知涼冷不似雲安毒熱新

全佳

寄岑嘉州州據蜀江外

不見故人十年餘不道故人無素書願逢顏色關塞遠豈意出守江城居外江三峽且相接斗酒新詩終日自一作疎謝朓每篇堪諷誦馮唐已老聽吹噓泊船秋夜經春草伏枕青楓限玉除眼前所寄選何物贈子雲安雙鯉魚

當作七律亦不佳

移居夔州郭

伏枕雲安縣遷居白帝城春知催柳別江與已一作放

杜集卷十四

句有遠神可以意會

船淸農事聞人說山光見鳥情禹功饒斷石且就土微平

船下夔州郭宿雨濕不得上岸別王十二判官

依沙宿舸船石瀨月娟娟風起春燈亂江鳴夜雨懸

清楚

不成文理

晨鐘雲外晉作岸濕勝地石堂烟柔櫓輕鷗外含悽覺汝賢

無謂

汝俱指鷗非也予謂指王判官○二石二外上外與堂亦不對

雨不絕

鳴雨既過漸細晉作細雨微映空搖颺如絲飛堦前短草

泥不亂院裏長條風乍稀舞石旋應將乳子行雲莫
自濕仙衣眼邊江舸何忽促未待（晉作得）安流逆浪歸

崔評事弟許相迎不到應慮老夫見泥雨怯出
必愆佳期走筆戲簡

江閣要賓許馬迎午時起坐自天明浮雲不負青春
色細雨何孤白帝城身過花間霑濕好醉於馬上往
來輕虛疑皓首衝泥怯實少銀鞍傷險行

宿江邊閣

不成語而以爲佳豈不是夢

暝色延山逕，高齋次水門。薄雲巖際宿，孤月浪中翻。鸛鶴追飛靜（一作盡），豺狼得食喧。不眠憂戰伐，無力正乾坤。

夜宿西閣曉呈元二十一曹長

城暗更籌急，樓高雨雪微。稍通綃幕霽，遠帶玉繩稀。門鵲晨光起（一作喜），墻（一作檣）烏宿處飛。寒江流甚細，有意待人歸。

西閣口號呈元二十一

山木抱雲稠寒江繞上頭雪崖纔變石風幔不依樓
社稷堪流涕安危在運籌看君話王室感動幾銷憂

西閣雨望

樓雨霑雲幔山寒（一作高）著水城逕添沙面出湍減石
稜生菊蘂淒疎放松林駐遠情滂沲朱檻濕萬（一作方）
慮傍（一作倚）簷楹

不離西閣二首

江柳非時發江花冷色頻地偏應有瘴臘近已含春

失學從愚子無家住（一作任）老身不知西閣意肯別定留（一作何）人

西閣從人別人今亦故亭江雲飄素練（一作葉）石壁斷空（一作斬）青滄海先迎日銀河倒列星平生耽勝事吁駭始初經

西閣三度期大昌嚴明府同宿不到

問子能來宿今疑索故要匣琴虛夜夜手板自朝朝金吼霜鐘徹花催臘（一作蠟）炬銷早鳧江檻底雙影漫

飄颻

西閣二首

巫山小搖落碧色見松林百鳥各相命孤雲無（一作非）自心層軒俯江壁要路亦高深朱紱猶紗帽新詩近玉琴功名不早立衰病（一作疾）謝知音哀世非（一作無）王粲終然（一作朝）學越吟

懶心似江水日夜向滄洲不道含香賤其如鑷白休經過調（一作凋）碧柳蕭索（一作瑟）倚朱樓畢娶何時竟消

中得自由豪一作榮華看古往服食寄冥搜詩盡人間（不通）（不可）

興兼須入海求（可曉亦不佳）

閣夜（渾壯好詩）

歲暮陰陽催短景天涯霜雪霽寒宵五更鼓角聲悲

壯三峽星河影動搖野哭幾晉作千家聞戰伐夷歌數

晉作是處起漁樵臥龍躍馬終黃土人事依依漫一作音塵（孔明公孫述）

日一作音書頻寂寥

西閣夜

恍惚寒山暮逶迤白霧昏山虛風落石樓靜月侵門

擊柝可憐子無衣何處村時危關百慮盜賊爾猶存

何故 無味 結 深

蕭散愁寂超然物外

瀼西寒望

水色含羣動朝光切太虛年侵（終一作）頻悵望興遠一

蕭疎猿挂時相學鷗行炯自如瞿塘春欲至定卜瀼

西居

入宅三首（赤甲白鹽二山）

對不得

奔峭背赤甲斷崖當白鹽客居愧遷次春酒漸多添

春歸在客先視此尤勝

花亞欲移竹鳥窺新捲簾衰年不敢恨勝槩欲相兼

亦不勝

亂後居難定春歸客未還水生魚復音腹浦雲暖麝香

起處情致

山半樊作粉頂梳頭白過眉拄杖斑相看多使者一一

問函關

結又好

宋玉歸州宅雲通白帝城吾人淹老病旅食豈才名

氣宇奇警

峽口風常急江流氣不平只應與兒子飄轉任浮生

赤甲

卜居赤甲遷居新兩見巫山楚水春炙背可以獻天

結不成句

子美芹由來知野人荆州鄭薛寄書近蜀客郗岑非我鄰笑接郎中評事飲病從深酌道吾眞

卜居

歸羨遼東鶴吟同楚執珪未成遊碧海著處覓丹梯雲障陳作嶂寬江左一云北春耕破瀼西桃紅客若至定似昔一作晉人迷

暮春題瀼西新賃草屋五首

久嗟三峽客再與暮春期百舌欲無語繁花能幾時

此類今斷不可學矣

谷虛雲氣薄波亂日華遲戰伐何由定哀傷不在茲

此邦千樹橘不見比封君養拙干戈際全生麋鹿羣

畏人江北草旅食瀼西雲萬里巴渝曲三年實飽聞

綵雲陰復白錦樹曉（晉作晚）來青身世雙蓬鬢乾坤一草亭哀歌時自短醉舞為誰醒細雨荷鋤立江猿吟翠屏

壯年（晉作志）學書劍他日委泥沙事主非無祿浮生即有涯高齋依藥餌絕域改春華喪亂丹心破王臣未

一家

欲陳濟世策已老尚書郎未息豺虎鬬空慙鴛鷺行

時危人事急晉作惡風逆晉作急羽毛傷落日悲江漢中

宵淚滿床

園

仲夏流多水清晨向小園碧溪搖艇闊朱果爛枝繁

始爲江山靜終防古井喧畦蔬繞茅屋自足媚盤飧

豎子至

樝梨且（一作纔）綴碧梅杏半傳黃小子幽園至輕籠熟奈香山風猶滿把野露及新嘗欲寄（一作敧枕）江湖客提攜日月長

别是一種亦微有致樝梨梅杏熟柰故作濺倒不厭其複

示獠奴阿段

山木蒼蒼落日曛竹竿裊裊細泉分郡人入夜爭餘瀝豎（一作稚）子尋源獨不聞病渴三更迴白首傳聲一注濕青雲曾驚陶侃胡奴異怪爾常穿虎豹羣

秋野五首

秋野日疏一作荒蕪寒江動碧虛繫舟蠻井絡一作路卜

宅楚村墟棗熟從一作行人打葵荒欲自一作且鋤盤飧

老夫食分減及溪一作樵魚

易識浮生理難教一物違水深魚極樂林茂鳥知歸

吾老甘貧病榮華有是非秋風吹几杖不厭此一作北

山薇

禮樂攻吾短山林引興長掉頭紗帽仄曝背竹書光

風落收松子天寒割蜜房稀疏小紅翠駐屐近微香

遠岸秋沙白連山晚照紅潛鱗輸駭浪歸翼會高風
砧響家家發樵聲箇箇同飛霜任青女賜被隔南宮
身許麒麟畫年衰鴛鷺羣大江秋易盛空峽夜多聞
逕隱千重石帆留一片雲兒童解蠻語不必作參軍

溪上

峽內淹留客溪邊四五家古苔生迮一作濕又作窄地秋竹
隱疎花寒俗人無井山田飯有沙西江使船至時復
問京華

樹間 亦作咏物自作

岑寂雙甘樹婆娑一院香交柯低几杖垂實礙衣裳滿歲如松碧同時待菊黃幾迴霑葉落一作露乘月坐胡牀

課小豎鉏斫舍北果林枝蔓荒穢淨訖移牀三首 一云秋日閑居三首

病枕依茅棟荒鉏淨果林背堂資僻遠在野興清深山雉防求敵江猿應獨吟洩雲高不去隱几亦無心

衆壑生寒早，長林卷霧齊。青蟲懸就日，朱果落封（一作成）泥。薄俗防人（一作狸）面，全身學馬蹄。吟詩坐（一作重）廻首，隨意葛巾低。

籬弱門何向，沙虛岸只（一作自）摧。日斜魚更食，客散鳥還來。寒水光難定，秋山響易哀。天涯稍曛黑，倚杖更（一作獨）徘徊。

寒雨朝行視園樹

柴門雜樹向千株，丹橘黃甘此地無。江上今朝寒雨歇籬中秀一作邊新色畫屏紆桃溪李逕年雖故一作古梔子紅椒艷復殊鏁石藤梢元自落倚一作刊天松骨見來枯林香出實垂將盡葉蔕辭一作離枝不重蘇愛日恩光蒙借貸清霜殺氣得憂虞衰顏更一作動覓藜床坐緩步仍須竹杖扶散騎未知雲閣處啼猿僻在楚山隅

季秋江村

喬木村墟古疎籬野蔓懸清一作素琴將暇日白首望

刻意摹寫却非中晚

皆不可觀

霜天登俎黄甘重支床錦石圓遠遊雖寂寞難見此山川

小園

若無端由而興致特至其妙句法別

由來巫峽水本自楚人家客病留因藥春深買為花秋庭風落果瀼岸雨頽沙問俗營寒事將詩待物華

自瀼西荊扉且移居東屯茅屋四首

白鹽危嶠北赤甲古城東平地一川穩高山四面同烟霜淒野日秔稻熟天風人事傷蓬轉吾將守桂叢

東屯復瀼西一種住青溪來往皆陳作兼茅屋淹留爲稻畦市喧宜近利西居近市林僻此無蹊若訪衰翁語須令賸客迷

道北馮都使高齋見一川子能渠細石吾亦沼清泉枕帶一作席還相似柴荆卽有焉斫畬應費日解纜不知年

牢落西江外參差北戸間久遊巴子國吳作宅卧病楚人山幽獨移佳境清深隔遠關寒空見鴛鷺廻首憶

晉作想 朝班

茅堂檢校收稻二首

香稻三秋末平田百頃間喜無多屋宇幸不礙雲山

御裌侵寒氣嘗新破旅顏紅鮮終日有玉粒未吾慳

稻米炊能白秋葵煮復新誰云滑易飽老藉軟俱匀

種幸房州熟苗同伊闕春無勞映渠盌自有色如銀

東屯月夜

抱疾漂萍老防邊舊穀屯春農親異俗歲月在衡門

青女霜楓重，黃牛峽水喧。泥菑虎鬬跡，月挂客愁村。喬木澄稀影，輕雲倚細根。數驚閒雀噪，暫睡想猿蹲。

苦刻特甚

日轉東方白，風來北斗昏。天寒不成寢，無夢寄（一作有）歸魂。

東屯北崦

全篇佳勝

盜賊浮生困，誅求異俗貧。空村惟見鳥，落日未（一作不）逢人。步壑風吹面，看松露滴身。遠山迴白首，戰地有黃塵。

從驛次草堂復至東屯二首（一本東屯下有茅屋二字）

峽（陳作山）內（一作裏）歸田客（一作舍）江邊借馬騎非尋戴安道似向習家池峽險風煙僻（陳作合）天寒橘柚垂築場看斂積一學楚人為

短景難高卧衰年强此身山家蒸粟暖野飯射麋新世路知交薄門庭畏客頻牧童斯（一作須）在眼田父實為鄰

暫住白帝復還東屯

劉云初聞其戰蓋見野哭而已五字悲著稍字尤蕭然可憐

復作歸田去猶殘穫稻功築場憐穴蟻拾穗許村童落杵光輝白除（殊一作）芒子粒紅加飡可扶老倉庾（一作廩）慰飄蓬

刈稻了詠懷

稻穫空雲水川平對石門寒風疏落（荊作草）木旭日散雞豚野哭初聞戰樵歌稍出村無家問消息作客信乾坤

上白帝城

城峻隨天壁樓高更一作望女墻江流思夏后風至憶襄王老去聞悲角人扶報夕陽公孫初恃險躍馬意何長

上白帝城二首

江城含變態一上一回新天欲今朝雨山歸萬古春英雄餘事業衰邁久風塵取醉他鄉客相逢故國人兵戈猶擁蜀賦斂強一作尚輸秦不是煩形勝深慙一作愁畏損神

不成文理

白帝空祠廟，孤雲自往來。江山城宛轉，棟宇客徘徊。勇略今何在，當年亦壯哉。後人將酒肉，虛殿日塵埃。谷鳥鳴還過，林花落又開。多慚病無力，騎馬入青苔。

武侯廟

遺廟丹青落一作古，空山草木長。猶聞辭後主，不復臥南陽。劉云：上句想望其丰采猶在也，下句傷其已死。

八陣圖

功蓋三分國，名成八陣圖。江流石不轉，遺恨失吞吳。

劉云來得渾渾有無[illegible]感開基季世君臣心事不立者主彷彿盡之○又云首尾曲折句句典實有味直大手眞劉先主廟詩

此詩與玄元皇帝廟[illegible]哥[illegible][illegible]行次昭陵諸作原本於大雅太白之遠別離蜀道難夢遊天姥諸作變化於離騷後有作者總在下風

言時雖久而人心不忘也

謁先主廟

慘澹風雲會，乘時各有人。力侔分社稷，志屈偃經綸。復漢留長策，中原仗老臣。雜耕心未已，歐血事酸辛。霸氣西南歇，雄圖歷數屯。錦江元過楚，劍閣復通秦。舊俗存祠廟，空山立（一作泣）鬼神。虛簷交（一作扶）鳥道（一作過），枯木半龍鱗。竹送清（焚作青）溪月，苔移玉座春。閭閻兒女換，歌舞歲時新。絕域歸舟遠，荒城繫馬頻。如何對搖落，況乃久風塵。孰（荊作勢）與關張並，功臨耿鄧親。

劉云叙寫語壯浪

包○牟○得○大

劉云叙寫語奇麗

三九八

得士郎指關白樂天非無長一張否則上下文勢不順嶷然雄渾悲壯沈鬱頓挫去此遠矣

於律詩原自不合然古雅絕塵可爲誦耳

應（繼一作）天才不小得士（士皆作）羿無鄰遲暮堪帷幄飄零且釣緡向來憂國淚寂寞灑衣巾

全首渾壯是大家數

白鹽山

卓立羣峯外蟠根積水邊他皆任厚地爾（我一作）獨近高天白牓千家邑淸秋萬估（里一作）船詞人取佳句刻畫竟誰傳（英華作刷練始堪傳）

結意用無鹽語

亦趣

刻劃不纖

灔澦堆

巨積（石陳作）水中央江寒出水長沈牛答雲雨如馬戒

舟航天意存傾覆神功接混茫干戈連解纜行止憶垂堂

灩澦　拗體老氣

灩澦既沒孤根深西來水多愁太陰江天漠漠鳥雙去風雨時時龍一吟舟人漁子歌迴首估客胡商淚滿襟寄語舟航惡年少休翻鹽井橫（一云橫又作擲）黃金

白帝　奇聲之作

（好起）白帝城中雲出門（一作城頭雲若屯）白帝城下雨翻盆（不成語）高江

急峽雷霆鬬翠一作古木蒼藤日月昏戎一作去馬不如

歸馬逸千家今有百一作十家存哀哀寡婦誅求盡慟

哭秋原何處村

白帝城樓

江度寒山閣城高絶塞樓翠屏宜晚對白谷會深遊

急急能鳴雁輕輕不下鷗彝陵春色起漸擬放扁舟

曉望白帝城鹽山

徐步移斑杖看山仰白頭翠深開斷壁紅一作江遠結

此古詩體也

飛樓日出清(一作寒)江望暄和散旅愁春城見松雪始擬進歸舟

白帝城最高樓

奇氣奡兀此種七律少陵獨步

城尖徑昃(一作翼)旌旆愁獨立縹緲之飛樓峽坼雲霾龍虎卧(吳作睡)江清日抱黿鼉遊扶桑西枝對(一作封)斷石弱水東影隨長流杖藜歎世者誰子泣血迸空廻白頭

白帝樓

漠漠虛無裏連連睥睨侵樓光去日遠峽影入江深

臘破思端綺春歸待一金去年梅柳意還欲攬邊心

陪諸公上白帝城吳有頭字宴越公堂之作

此堂存古製城上俯江郊落構垂雲雨荒堦蔓草茅

柱穿蜂溜蜜棧缺燕添巢坐接春盃氣心傷艷蘂梢

英靈如過隙宴衎願投膠莫問東流水一作水清淺生涯

未即拋

峽隘

聞說江陵府雲沙靜（一作淨）眇然白魚如切玉朱橘不論錢水有遠湖樹人今何處舡青山各（陳作若）在眼却望峽中天

諸葛廟

久遊巴子國屢入武侯祠竹日斜虛寢溪風滿薄帷君臣當共濟賢聖亦同時翊戴歸先主并吞更出師蟲蛇穿畫壁巫覡醉蛛絲欻憶吟梁父躬耕也（一作起）未遲

結意亦復自寓

○峽口二首

峽口大江間，西南控百蠻。城欹連粉堞，岸斷更青山。開闢多（一作當）天險，防隅一水關。亂離聞鼓角，秋氣動衰顏。

感慨深沉，豈是書生眼孔。

時清關失險，世亂戟如林。去矣英雄事，荒哉割據心。

接又好。

蘆花留客晚，楓樹坐猿深。疲苶煩親故，諸侯數賜金。

此處著不得事也。

主人柏中丞頻分月俸

天池

天池馬不到，嵐壁鳥纔通。百頃靑雲杪，層波白石中。鬱紆騰秀氣，蕭瑟浸寒空。直對巫山出（一作峽），兼疑夏禹功。魚龍開闢有，菱芡（一作芰）古今同（一云豐）。聞道奔雷黑，初看浴日紅。飄零神女雨，斷續楚王風。欲問支機石，如臨獻寶宮。九秋驚雁序，萬里狎漁翁（一作樵童）。更是無人處，誅勞（一作茅）任薄躬。

瞿塘兩崖

三峽傳何處，雙崖壯此門。入天猶石色，穿水忽雲根。

奇奧者班駮雜糅之語

奏節音調俱無

猱玃鬚髯古蛟龍窟宅尊羲和冬（一作駿）馭近愁畏日車翻

夔州歌十絶句

中巴之東巴東山江水開闢流其間白帝高爲三峽鎮夔州（一作瞿塘）險過百牢關

白帝夔州各異城蜀江楚峽混殊名英雄割據非天意覇王并吞在物情

羣雄競起問（刊作聞）前朝王者無外見今朝比訝漁陽

拙句不可解

結怨恨元聽舜日舊簫韶
赤甲白鹽俱刺天閭閻繚繞接山巔楓林橘樹丹青
合複道重樓錦繡懸
瀼東瀼西一萬家江北江南晉作江南江北春冬花背飛鶴
子遺瓊蘂相趁鳧雛入蔣牙
東屯稻畦一百頃北有澗水通青苗晴浴狎鷗分處
處雨隨神女下朝朝
蜀麻吳鹽自古通萬斛之舟行若風長年三老長歌

裏白晝一作買攤錢高浪中江鄰幾雜志白馬灘前高浪中
憶昔咸陽都市合山水之圖張賣時巫峽曾經寶屏
見楚宮猶對碧峯疑
武侯祠堂一作生祠不可忘中有松柏參天長干戈滿地
客愁破雲日如火炎天涼
閬風元圃與蓬壺中有高堂一作晉唐天下無借問夔州
壓何處峽門江腹擁城隅
上卿翁請修武侯廟遺像缺落時崔卿權夔州

大賢爲政卽多聞刺史眞符不必分尚有西郊諸葛
廟卧龍無首對江濆

杜工部集卷十四終